ホラー女優が天才子役に転生しました

～今度こそハリウッドを目指します！～

鉄箱　ill きのこ姫

Theater 1

ホラー女優『が』
天才美少女子役に転生!?

Opening

廃墟（夜）
逃げる女。

「はぁっ……はぁっ……はぁっ……」

廃墟の中を女性が走る。着ていた小綺麗な服はぼろぼろで、所々に赤黒い血の跡がにじんでいた。

「なんで、どうして」

息を荒くさせ、力なく垂れ下がる片腕を庇いながら、女性は呻くように回顧する。

「ヒロシも、アキラも、エミコも、みんなみんな死んじゃったのに！　もう、あなたの恨みは晴れたんじゃないの!?」

叫び、悔やみ、やがてその苦痛にも終わりが訪れる。

「……行き止まり……？　なんで」

黒い壁が彼女の行く手を阻むと、女性は力なく壁を叩いた。うぞうぞと背筋を這（は）いずり回るような不快感。かけずりまわって熱をもったはずの身体（からだ）は、避けられない現実を前に冷え、固まっていく。

――ひた、ひた、ひた。

女性は耳に届いた音に、ひゅぅ、と、声にならない悲鳴をあげた。それが、意味のないものだと知っていながら。

――ひた、ひた、ひた。

首を振り、縋（すが）り付くように壁を叩き、割れた爪から血が滴る。

――ひた、ひた、ひた。

「いや、イヤ、いやよ、イヤ、あんな風に死にたくない。死にたくない！」

絶望の色に瞳を染めながら、女性は音のする方に振り向く。月明かりで照らされた廃墟（はいきょ）に、人影のようなものはない。

ただ、それでも、まるで近づいてきているようだった。

――ひた、ひた、ひた、ひた。

「うぅ、ぅううぁぁぁ、イヤァアアッ!!　来ないで、来ないでよぉ」

音が。

――ひた。

近づいて。

来る。

ひた

ひた

ひた

ひた

ひた

ひた

「あ――――――――れ？」

やがて、音が止んだ。
まるで最初からそんな音などしていなかったように、ひゅうひゅうと己の息づかいだけが、
静かな空間に満ちる。

「許して、くれたの？」

へたり込んだ女性の、安堵の息。
声は静かに、けれど確かに、落ち着きを取り戻していく。

その。

肩に。

――■■■■■ア

「ツッツ」

この世のものとは思えない〝声〟が、響いた。

「カァァァット!!」

廃墟（夜）

照明が灯る。桐王鶇が黒髪をかき上げた。

セットの照明が舞台を照らす。私が目の前で一息吐く女優仲間にあえていつもの笑顔で手を差し伸べると、彼女は役柄が抜けきっていないのか、引きつった顔でそれを受け取った。

「お疲れ様です」

「は、はは、はい、お疲れ様です。鶇さん」

私が撮影終了時に直ぐさま態度を切り替えるのは、経験則から来る自己防衛手段だ。これを行わなかったとき、相手役の俳優さんが不眠症で入院し、それを私のせいにされたことがある。

ホラー女優として名を馳せることにやりがいは感じているけれど、なにも、本当に悪霊になりたい訳ではないのだ。

「いやぁ、今日も良かったよ、鶫ちゃん！」

「ありがとうございます、監督」

スタッフさんたちに挨拶をして、私は次の現場に向かう。ティーンズで役者の世界に入ってから早十七年。私はこの業界で知らぬ人のいない〝ホラー〟女優として名を馳せている。

元々ホラーが好きだったこともあって、私は現状に一切の不満を持っていなかった。そりゃあホラーしか仕事がこないことに思うところもあるけれど、ある意味では本望というべきものだ。

好きなのはジャパニーズホラーではあるものの、役が降りたらなんでもやるのが私の信条。目指すはハリウッドで人々の恐怖を背負うこと。不満はないけれど満足もしていない。

「桐王さん、次の現場までは車で向かいます」

「はい」

専属のマネージャーに促され、黒塗りの車に乗り込んだ。役柄のために伸ばした黒髪も、次の現場ではカツラに押し込まないといけない。なにせ、次は動く焼死体だ。

現場まで台本を広げながら最終チェック。私は声を出すような役ではないけれど、他の演者さんの台詞も把握しておかないと。設定の読み込みは大丈夫だと思うけれど、せっかく時間はあるんだし確認もしたい。あ、そういえば次はさくらちゃんと共演か。久しぶりだけど元気か

な。

「あ」

そうやって集中していたから、私は少し、反応が遅れてしまった。バックミラーに映り込む、恐怖に歪んだマネージャーの顔。目の前には、ハンドルに縋り付くようにうなだれるドライバーの運転する、タクシー。

（これ、ぜったいホラー映画の呪いって言われるやつだ）

激しい衝突で車がひしゃげる音。焼け付くような痛み。

私の脳裏に浮かんだのは、最期まで、ホラー映画に関わるようなことだった。

Scene 1

室内（昼）
蛍光灯の光。子役五人が並ぶ。
端・銀髪の少女がため息。

恐怖とはなにか。恐怖を愉しむとはなにか。それは、私という人間がホラーに携わるようになってからずっと、私自身に問いかけてきたことだ。そして、私の持論ではあるが、この二つは表裏一体だと思っている。

恐怖とは、昨日まで続いた今日が壊れることと、昨日が今日であること。恐怖を愉しむとは、今日が昨日の延長線上にあり、かつ、昨日とは違う一日であると実感すること、ということだ。

何が言いたいのかというと。

「あさしろじゅりあ、六さいです！　よろしくおねがいします！」

「ゆうがおみみ、六さいです。あの、がんばります。おねがいしましゅ。あぅ」

「よるはたりん、六さい。よろしくおねがいします」

私の横で元気に告げる少女が三人。活発系、おとなしい系、クール系と個性豊かな三人だ。この子たちの他にもたくさん参加者はいるのだけれど、しっかりとなにをしに来ているのかわかっているのは、この三人だけであるように思える。

まぁ、今の段階では誰も彼も十人並みのスタート地点。しっかりしていて偉いね、とか、わあかわいい、とかは思うけれど、それ以上のことはない。ただ一つ、不満があるとすれば。

「さ、君のことも教えてくれるかな？」

にこにこと子供好きのする笑顔を見せるひげ面の男性。ひげのせいで老けて見えるが、きっと、まだまだ若手に入るけど本当は名監督。その苛烈さは、この場では見られないけれど、わかる。

だって、私が長年接してきた人たちも、同じように瞳の奥に消えない炎を宿していたから。片っ端から、一度は恐怖に震えさせてやったけど……と、それはいいか。

私は他の参加者たちがそうしていたように、彼に向かって一歩踏み出す。私は今やホラー女優ではない。今は、親の期待を一身に背負って立つ、未熟な、そう――幼女なのだから。

「そらほしつぐみ、五さいです。どうぞよろしくおねがいします」

丁寧に頭を下げると、見学の両親がやたらと感動している姿が見えた。相も変わらず親ばかで心配になるが、手を振ってあげるわけにもいかないので、そっと目配せをするだけで許して欲しい。

桐王鶫（きりおうつぐみ）、改め、空星（そらほし）つぐみ。

本当に、どうしてこんなことになったんだか。

長年培った女優魂が、私の、小さなため息を押し殺した。

病室（昼）

ベッドの上。

空星つぐみの独白。

目が覚めたら、覚えのある香りに包まれていた。白いシーツ、ベージュのカーテン、白い天井、それから目の端をちらつく点滴のパック。有名になってからは一度も無かったけど、若い頃はときどき過労で倒れていた。なんてったって当時の私はド貧乏。栄養が足りてない上に動きすぎだったのだ。

なんとなく周囲を見回すと、千羽鶴やら果物やらお人形さんやらとまぁ色んなものがベッドの周りに溢(あふ)れている。どこが差し入れてくれたんだろう？　人形は、和風ホラーのときのやつかな。

（ナースコールは……あれ？）

ベッドの端に手を伸ばそうとして、ふと、異様な光景に気がついた。いやいや、そんな、待って欲しい。私はホラー映画のためなら黒いアイツとだって共闘する女だぞ。こんなことで震えてどうする。そんな混乱した思考では、冷静さなんて得られるはずもなかった。

だって、考えてもみて欲しい。見慣れた（なんだったらハリがなくなりつつあった）腕が、ぷるぷるぴちぴちの真っ白で小さな手になっていたのだから。

（なんで、こんな、いや、そもそも）

台本。

タクシー。

ヘッドライト。

それから、どうなった？

（これ、ホラー映画だったら、死の運命に追いかけ回されるヤツ……？）

唐突にフラッシュバックした光景に、軽い頭痛を覚える。もしかしなくとも、私は一度死んだのだろうか。そうすると、これって幼い頃の私？　こんなに綺麗で白い肌してたかなぁ？　栄養失調気味で、枯れ木のようだった気がするのだけれど。

それに比べて今の身体はどうだ。白い。もちもち。ちょっと痩せ形な気もするけれど、この程度、どうということはない。もしかしてあれ？　仏教でいうところの輪廻転生？　無宗教の無神論派で、むしろ冒瀆的な悪霊やら祟り神やらを演じてきた私が？　そんな馬鹿な。それこそホラーじゃないか。

「――」

「――」

「――」

と、不意に声が聞こえてきた。誰の声だろう？　聞き覚えのあるようなないような、不思議な感覚だ。私は知らない。でも、こう、身体が覚えているような？

ふわふわとした心地で耳を傾けていると、不意に、カーテンが開かれる。そこにいたのは、それはもう目の保養になるような美男美女の姿だった。女性の方は、如何にも大和撫子な美人

額を出した艶やかな黒髪に、抜けるような白い肌。涙に濡らした頬が、なんとも扇情的だ。男性の方は、これまたタイプの違う美男子だ。シルバーの髪に青い瞳。すっと通った鼻筋と、長身。彫刻の世界から飛び出してきたような外人さんだった。

（えーと、だれだっけかな――）

「――だでぃ、まみぃ？」

私の思考が帰結する前に、鈴を転がすような可憐な声が喉から響いた。もしかしてこれって私の声なのだろうか。ううん、こんな綺麗な声なら、ささやきホラーも容易だな……って、違う違う。

私の声を聞き届けると、推定私の両親は、驚きに目を瞠る。すると、縋り付くようにベッドに駆け寄り、私の頬に白魚のような手を添えた。

「目を覚ましたのね!?　ああ、よかった。私のつぐみ」

「つぐみ……一時はどうなるかと思った。ぼくの天使がこの世から去ってしまうなんて、ぼくには堪えられないよ」

おそらく私の両親は、そういってはらはらと涙を流す。泣いても絵になる。すごい。

「わたし……は？」

「つぐみ、あなたは階段から足を滑らせて落ちたのよ。それも十三段も！」

あの有名な映画みたいに九十七段でも良かった。いや、死ぬか。

「それから、君は三日も眠り続けていたんだ。ほら、心配の余りミナコが千羽鶴を折ってしまったんだよ」

あの千羽鶴は、おかあさん（多分）が折ったんだね、すごい。

いやいや、そうじゃない。どうしても混乱で思考がぶれる。だけれども、ここまで来たら受け入れるしかないのかもしれない。目を閉じて思い出せば、確かに、この身体の記憶がある。というか、趣味嗜好的にも性格的にも、この子、十中八九私だ。私という存在が転生して、記憶が無くても私として生きていたのだろう。変な子供だったろうに、きちんと愛してくれた両親には感謝しかない。

「さ、痛いところはないかい？　ぼくの天使」

「う、ん」

「良かった。ああ、私、お医者様を呼んで参りますわ」

いや、しかし、なんだ。だめだ、どうにも頭が巧く回らない。記憶を思い出した反動か、なんだかちょっと熱っぽくなってきた。

「つぐみ？」

「ね、ます」

ただ、一言、心配だけはかけないように。そう告げるのを最後に、私の意識は温かい闇の淵へと溺れて、薄らいだ。

病室（昼）

父・マクスウェルは母・美奈子（みなこ）に答える。


「あなた？　つぐみは？」

「眠ったよ。少し、熱があるようだ」

ベッドの上で寝息を立てるぼくたちの天使を前に、そっと息を吐く。あんなことがあったのに、健気（けなげ）にぼくたちを見て微笑（ほほえ）んでくれたつぐみを見ていると、胸が痛んだ。

「昔から聡（さと）い子だった。ぼくたちに気を遣ってしまったんだろうね」

「ええ、そうですね、あなた。つぐみに、私たちの天使に、何故（なぜ）このような」

「もう言わないでくれ、ミナコ。君がアレのことで胸を痛める姿は、見たくないんだ。君だって、ぼくの女神なのだから」

落ち込むミナコの額に口づけを落とすと同時に、遅れて医者が来た。老年の彼は、ぼくらがもっとも信頼を置いている人物だ。黙礼して、状況を伝え、病室の端に移動した。

「目が覚めたということは、もう大丈夫でしょう。ただ、今週はまだ入院を継続して様子を見ましょう」

「はい。ありがとうございます」

医師たちが退出していくのを見送って、つぐみに寄り添う。顔立ちはニホンジンのミナコによく似ていてとても愛くるしいが、髪と瞳はぼくに似ていて、プラチナブロンドにサファイアの瞳だ。ぼくらにとっては愛らしい天使だが、どうも、有象無象からすれば〝魔性〟に見えるらしい。

美しく可憐な顔立ちに、色の抜けたような肌と瞳。触れれば溶けてなくなってしまいそうな儚さは、誰であろうと惹きつける。月明かりに誘われた蛾たちは、我を忘れてしまうのだと。

家庭教師など、学歴だけで選ばなければ良かった。同性であれば滅多なことはないだろうと思っていたが、まさか、階段から突き落とすとは。

「使用人は、もっと信頼の置けるものからの紹介のみで雇おう」

「では、空星宗家より手配なさいますか？」

「そうだね。そちらと、ぼくの家の伝手も使おう。つぐみのためだからね」

「はい。――この優しい子が、傷つかなくとも済むように、万全を尽くしましょう、あなた」

「ああ」

だからどうか、つぐみ、君はいつまでも無垢に笑っていて。

そのためなら、君の望むものはなんだって手に入れよう。

たとえ、どんな手段を使っても、ね。

そう、つぐみを撫でると、嬉しそうに身じろぎする。
どうか、君の未来に、幸福があらんことを。

Scene 2

(回想) 洋館 (夕)
夕暮れの逆光で顔の隠れた中年の女性。
女性に追いかけられるつぐみ。(回想終わり) →病室 (夕)

『なんて愛くるしい』
『なんて愛おしい』
『なんて可憐な』
『なんて』
『なんて』

——あ、これ、夢だ。

『おお、おお、つぐみ様。どうか私のものに』

『どうしたらいい？　どうしたら、私だけに微笑んでくれる？』

『ああ、そうだ。いっそ、私だけの世界に生きてくれたら』

くるったような笑みを浮かべる女性が、なにもわからない私を追いかける。やがて階段まで追いすがったとき、彼女は私の身体を押した。そのくるったような笑顔は中々のものだ。病み系の女優を演じられる才能がある。

彼女は……確か……そう、家庭教師だ。父が用意した家庭教師。小学校受験とかいう前世では聞いたこともないようなイベントのために用意された先生だ。有名大学出身で勉強一筋三十年のベテラン家庭教師。どうやら彼女は潜在的少女趣味だったらしく、それはもう愛くるしい北欧系美少女だった空星つぐみに恋をして、とちくるってしまったようだ。で、幼い人格にはそこそこの負荷だったようで、前世の記憶が復活したのだろう。不運な。

熱が出て眠ったおかげで、どうやら記憶の整理ができたらしい。白昼夢から目覚めるような気持ちで瞼を開けると、二度目の白い天井が視界に飛び込んできた。

「ふわ……ん」

大きくあくびをすると、どうしても点滴が邪魔になる。うーん、点滴つけたままブリッジで四つん這いになるのは得意だが、それで見つかったらコトだ。軽い運動は諦めよう。

ナースコールで呼び立ててしまうのは、流石に申し訳ないな。仕方なくベッドの周囲を見回すと、可愛らしいカレンダーが目に入った。前世の私と今世のこの少女の好きな動物は同じだったようで、可愛らしい蛇(へび)と鴉(からす)と蛙(かえる)のプリントが目に入る。禍々(まがまが)しい動物が好きでごめんね、両親よ。

「そういえば、今は何年なんだろう？　——二〇二〇年……ええ」

元号は……令和ってなに？　平成は？　そういや、今世の記憶でもやけにテレビが薄いな、とか、携帯電話が小さいな、とか思っていたけれど……そっか、二十年か……。私が生きてきた時代からそんなに経つのであれば、私の知人や友人はもう老人も良いところだろう。私も、まぁ、若いとは言えなかったことだし。

いや、でもそうなると、ホラー業界はどうなっているのだろうか？　私の時代に有名になったホラーが好きなんて言ったら、懐古主義もいいところだ、なんて囃(はや)し立てられてしまうのだろうか。

「テレビが見たい……」

ホラーだけではない。携帯電話はどこまで進歩したの？　インターネットは？　それから、ＶＨＳは？　私の知らない世界。知らない価値観での娯楽に溢(あふ)れているのだとしたら、それはどんなに楽しいことなのだろうか。これから、発展して進化し続けた映像に触れられることが、どれほど心躍るものだというのか。

ベッドの周囲をごそごそと探し回ると、何冊かの絵本を見つけた。グリム童話、アンデルセン、シェイクスピア。どれも、私の時代にも受け継がれてきた名作だ。その中から、私は、適当に手に取った絵本を開く。この興奮を収めるには、やはり、演劇しかないのだ。

「眠れる森の美女。うん、良いね」

自分で美女と言うのには抵抗があるが、ちょうど眠ってばかりだったのだ。役に入り込むのは得意だとはいえ、入り込みやすい状況設定があるのなら、それに越したことはない。

私は眠れる姫。誕生日にやってきた悪い魔女に呪いをかけられ、百年の眠りにつく。そこに王子が現れて、彼の接吻(せっぷん)によって、美しく目覚めるのです。

「『あなたが、わたしに口づけをくださったのですか？』」

王子の頬に手を添えると、王子も、私の手を握り返してくれる。

「『わたしは、魔女によって眠りの呪いをかけられていました』」

その優しい眼差(まなざ)しに、小さく、訴えるように。

「『孤独で寒い、氷のように冷たい呪いです』」

王子は私の言葉に憂いを見せると、こう、告げるのです。

――もう心配は要りません。これからは、ぼくがあなたを守りましょう。

「『はい』」

唇を震わせ、歓喜と情愛に身を委ね、見目麗しい王子に告げる。幸福が胸の裡を満たすと、闇に覆われた心に一筋の光明が差し込むような、夜明けを抱きしめた。

「――天使だ」

不意に、かけられた声に、役を降りる。やっぱりヒロインは性に合わないな、なんて思う間もなく、私は見慣れた美男子に膝をつかれた。

「おお、つぐみ、ぼくの天使。そのように愛くるしい眼差しでいったい誰を射止めようというのかい?」

これ、適当な名前を挙げたら、そのひとが死ぬヤツだ。なんとなくそう思ったから、無難なところに落ち着くことにする。

「ダディとマミィ!」

「まぁまぁ、私は既につぐみの虜よ? ほら、ぎゅー」

父の後ろからひょっこり現れた母が、私を抱きしめてくれる。呆気にとられた父であったが、あっさりと身体を起こしてその輪に加わった。

「ぼくは夢でも見ているのだろうか? ぼくの女神とぼくの天使が、こんなに可憐に戯れているのだなんて。ぼくも仲間に入れてくれないか?」

「ふふ、どうしましょうか。つぐみ、どうする?」

「んふふ、とくべつに、きょかします!」

「おお、なんと。ぼくのようなものにまでそのようなお心遣いを……さ、ぼくにも、我が天使の抱擁をくれないか?」

「うん!」

無邪気な子供ってこんな感じで合ってるのかな。そんな風に思わないこともないけれど、なにも十割が演技というわけではない。羞恥心を表に出さない演技はしているが、この温かな両親と戯れたいと願う気持ちは、私の心の奥底から溢れ出たものだ。

なにせ前世は虐待児童。暴力を振るう父がいなくなったと思えば、母から育児放棄。祖父母に助けられなければ死ぬところだった。演劇に目覚めて祖父母を養おうと思った矢先に祖父母は仲良く天寿を全う。家族というものへの憧れがあったことに、嘘はない。

「しかし、本当に素晴らしい演技だった。もしかして、つぐみは、演劇がしたいのかい？」

問われて、少し考える。今は前世よりもきっと、ずっと多くの選択肢があるのだろう。それらに触れないのは、もったいないのではないか？　そんな気持ちが、脳裏を過った。

だが、そんな考えも、胸裡から溢れる衝動に打ち消される。それでも私はきっと、役者がやりたい。前世で成し遂げられなかった、ハリウッドで人々を恐怖に陥れる女優になるという夢を、叶えたい。

「うんっ」

だから、こう答えたことに後悔はない。きっと演劇の習い事でもさせてくれるのだろう。今から勉強すれば、今から鍛え上げれば、どれほどの実力を身につけることができるのか？　そう考えるだけで、心躍るのは仕方がないようにすら思えた。

病室（夕）

扉の隙間からベッドを見る父。

つぐみに見入る父の横顔に夕日があたる。


「『あなたが、わたしに口づけをくださったのですか？』」

病室のベッドが、まるで、茨に覆われた寝台のように見える。

「『わたしは、魔女によって眠りの呪いをかけられていました』」

濡れた瞳。紡がれる言葉。身を切るような痛みに、共感してしまいそうになった。

「『孤独で寒い、氷のように冷たい呪いです』」

王子の声は聞こえない。そのはずなのに、彼女の手を取る美貌の王子の姿を、瞬きの間に幻視した。

――もう心配は要りません。これからは、ぼくがあなたを守りましょう。

聞こえないはずの声が、共鳴した魂をなぞるように、響く。

「『はい』」

そうして、待ちわびた言葉は、甘く、痺れた。

「愚かな魔女です。あの子を眠りで縛って、傍に置こうなど」

「……物語では、きっと、そんな意図はないと思うよ、ミナコ」

病室の陰。一緒に覗いていたミナコの言葉に我に返る。

「魔女は嫉妬したのさ。つぐみの美しさにね」

「ふふ、私たちのつぐみを主役にするのなら、それでは物語が破綻してしまいますね。美醜にとらわれるなどおろかなことです。つぐみと対峙すれば己がとるに足らない蟻だと気がつきそうなものでしょうに」

「違いない」

夫婦の和やかな会話にも、つぐみは気がつかない。だからぼくがミナコに目配せをすると、彼女は柔らかく微笑んで、一歩下がってくれた。

「しかし、本当に素晴らしい演技だった。もしかして、つぐみは、演劇がしたいのかい？」

幾つかのやりとりのあと、ぼくはつぐみにそう告げた。するとミナコはぼくの意図を察して、力強く頷いてくれる。

否というのなら、最高の映画祭に連れていこう。見る愉しみで飽きさせないように。

わからないというのなら、君の行く末を見守ろう。将来、再び選択できるように。

けれど、もし、首を縦に振るのなら――

「うんっ」

――君に、最高の舞台を用意しよう。ぼくの天使が、銀幕に輝けるように。

Scene 3

病室（朝）
目を覚まし、病室の天井を眺めるつぐみ。


白い天井をぼんやりと眺めながらため息をつく。一晩寝て起きて、確認してみればやはり夢などではなかった。手鏡に映るのは、プラチナブロンドに青い目の少女。そしてよくよく見れば個室だ。とてもお値段の張る部屋だ。

朝起きて病院食を口にして診断を受けて、一通りこなすと途端に暇になってしまう。空いた時間にせめて自分のことを思い出そうと頭をひねると、するすると情報が溢(あふ)れ出てきた。

名前はつぐみ・空星・ローウェル。奇しくも前世と同じ読みの名だ。父はマクスウェル、母は美奈子。いわゆるハーフというやつだ。年齢は五歳、血液型はB、好きなものは蛙と蛇と鴉。怪談話にわくわくするような子供だ。なんだかこう、記憶のない私という感じだった。

未就学児で、家に家庭教師を招いていたのだけれど、この家庭教師が私を階段から突き落として前世の記憶が覚醒したようだ。

どこか強く打って記憶が復活したのだろうか？　そうだとするのなら我がことながら頭が心配なんだけれど、どうも要因はそれだけでは——と、頭をひねっていると、不意に、ノックの音が聞こえた。

「はーい」

「おはよう、つぐみ、元気そうね」

「あっ、マミィ！　おはよう！」

入室してきたのは、黒髪の和風美人なお母様だ。母は変わらず優しい笑顔を浮かべて私の隣に腰掛けると、頭を撫でて調子を確かめてくれる。こんな美人さんにこうされると、こう、なんだか照れる。

でも、記憶が大人のものになってしまっただけで、外側は子供で、この方たちの溺愛する子供だ。一女優として、ちゃんと、彼女たちの子供に見られるよう努力しよう。

「寝ている時間も長かったから、ちゃんとお外を歩けるのか、病院の中で練習をしましょう」

「れんしゅう?」

「ええ。歩いていて足が痛かったり、辛いところがあったらきちんとマミィに言うのよ?」

「はーい」

なるほど、リハビリということか。確かに歩かないと、体って衰えていくからね。前世は――うん、貧乏で困窮していたから、よく食を求めて歩き回っていた気がする。今とは真逆だね。

スリッパを履いて、母に手を引かれ歩き出す。バランスをとれるのか心配だったけれど、視線が変わっても案外、なんとかなりそうだ。

(というか)

そもそも、この体ってもしかしたら、結構スペックが高いのかも。見ようと思えば遠くまで綺麗(きれい)に見える。体をどう動かすのかイメージすれば、そのとおりに動く。筋力なんか全然ないはずなのに、体が常に最高の状態に更新されていくかのような不思議な感覚だ。

歩いているだけで、毛先まで意識が通るような気がする。走ったり跳んだりしたら、どれほど変化するのだろうか。昨日の即興劇でも、信じられないほど声が伸びたし……これってもしかして、すごいことだったりするのかな。今更ながら、顔が引きつるのを感じる。

「つぐみ、調子はどうかしら?」

「すごくいいよ、マミィ!」

「ふふ、そう。では、中庭まで足を運んでみましょうか」

母に手を引かれ、病院の中庭に出る。病院着の上からコートを羽織っているけれど、少し肌寒さを感じた。そういえばまだ二月なんだ……。

中庭では同じ入院患者と見られるひとたちが、思い思いに過ごしていた。車椅子の人、歩行器のご老人、私と同じくらいの年の子供たち。二十年経っても、こういう光景はあまり変化がないのだろう。

「空星(そらほし)さん」

「あら、先生」

「少し、よろしいですかな?」

そうしているうちに、母が私の担当のお医者様に声をかけられる。確か、検診のとき、國本(くにもと)先生といったかな。老年にさしかかるくらいの方だけれど、子供の私にもまっすぐにお話しくださる、丁寧で優しい方だ。

「つぐみ、見える範囲で遊んでおいで」

「はーい」

きっと、今後のことやお金のこととか、子供に聞かせるには微妙なお話をするのだろう。元気よく返事をして空気を読むと、とりあえず、同い年くらいの子供のところまで行こうかと一歩踏み出す。

土を蹴る感覚。スリッパ越しに伝わる感覚。この勢いで走り出せば、転ぶ、という直感に、思わず踏みとどまる。

（あ、あれ？）

もう一歩。今度は普通に。それから、少しずつギアを上げる。跳ねるように、というけれど、絶妙なバランスで動くこの肉体なら、本当に跳ね回れてしまえそうだ。さすがにこんな場所では試すことができないけれど、宙返りやハンドスプリングだって容易にできるのではないだろうか。後ろ手を組んで、ウサギ跳びの要領で頭で着地し、跳ねて戻る〝電柱〟だってできてしまうかも知れない。

前世の私が死に物ぐるいで身につけた技術の数々も、この体なら強化した上で再現させることだってできそうだ。それこそ、ブリッジからの高速移動とか。

「──いいからよこせよ！」

不意に、聞こえてきた声で思考が途切れる。普段着の男の子が、病院着の女の子が持っている人形を奪い取ろうとしているようだ。どっちの持ち物かはわからないけれど、ソフトビニールの怪獣か何かだろうか？　いや、何かのマスコットキャラクターかもしれない。恐竜の尻尾にシロクマの胴体という、なんとも言えない生物だった。

その人形が、彼らの取り合いの末、なんの拍子かすっぽ抜けて私の足下に転がってくる。返してあげようかと拾ってみると、二人はあからさまに腰が引けて、私と人形を交互に見ていた。どうしたのだろう？

「げ、がいじん」

「ほわぁ、きれいな子……」

　あ、そっか、外国人の女の子って話しかけづらいよね。でもそうすると私から話しかける必要があると思うのだけれど……この人形がどっちのものなのか聞き出せないなぁ。それに、このまま渡して喧嘩を続行されるのも微妙だよね。

　せっかくなら、彼女たちの喧嘩が止まるように、一工夫してみようかな。ホラー女優、桐王鶫の身につけた技術の数々。その中には、こんなこともあるのだと。

「Hello」

「ひぇ、がいこくごだ！」

「ほわぁ、ほわぁ！」

　まずは、あえて、〝私は〟英語で。それから、人形を掲げて見せる。あ、足の裏に人形の名前が刻印されてるね。クマザウルスか。

「『やぁ、ぼくはクマザウルス。君たちの名前をきかせて？』」

「しゃ、しゃべったぁぁぁっ!?」

「あわわわわわわわわわわ!?」

　子供たちはわかりやすく飛び退いて、それから、恐る恐る近づいてくる。

「『君たちの名前を教えてくれるかな？』」

「は、え、おれたつき！」

「ふ、わたし、かなこ！」

「『たつきとかなこだね！』」

人形を動かしながら腹話術、なんだけれど、想像の何倍も動く喉に驚いていたり。慣れていない動きのはずなのに、この体は十割以上の精度でやりたい動きについてきてくれる。だんだん自覚してきたけれど、これってすごいことなのではないのだろうか。

「『二人はどうして喧嘩をしていたんだい？』」

「かなこが、クマザウルスを独りじめするから……」

「むぅ！　せんしゅうは、おにーちゃんがもって帰ったのに！」

わぁお、大人気だね。クマザウルスくん。カワイイと格好良いを兼ね備えている、とか？

言われてみればそんなフォルムに見えないこともないような……うーん、まぁいいか。

かわいらしい兄妹だ。女の子が入院中で、お兄さんはお見舞いかな。できれば平等に仲良く遊んで欲しいけれど、さて、どうしようか。

「『うーん、でもぼくは、二人のことが大好きなんだけどなぁ』」

落ち込んだトーン。小さくなる声。クマザウルスが頭を垂れると、彼らは気まずげに目をそらす。

「『ぼくのことで二人が喧嘩をしてたら、寂しいなぁ』」

「け、けんかしないよ！」

「うー」

慌てるたつきくんと、落ち込むかなこちゃん。二人の間に割り込むように、『そうだ』と声を上げさせると、ねらいどおり、二人はクマザウルスを見た。

——そうして、同時にそれは周囲にも伝播する。あら、と、近くに居た看護師さんが呟いた。杖をついたおじいさんが、どうするのかな、と小声で自分の手を引くお兄さんと話をしている。人形の動き、それから声。私という演者を視界から消させ、人形と子供たちの世界を作り上げる手法。

「『たつきくんとかなこちゃん、かわりばんこに一緒にいようよ！　どう？　それなら、ぼくも二人とずっと一緒にいられてうれしいなぁ！』」

解決策を声高らかに主張すると、二人は互いに目を合わせる。それから、どちらからともなく「うん」と頷いた。

「わかった、じゃあ、つぎはかなこにまかせる」

「ありがとう、おにーちゃん！」

周囲から響くのは、小さな拍手だ。私がクマザウルスを差し出すと、かなこちゃんは嬉しそうに受け取った。

「『ぼくはもうしゃべれないけれど、ずっと、側にいるからね』」

「うんっ」

そうやって、そっと人混みから離れる。人形と二人を見ている人たち。仲直りをした兄妹。それから、私にも拍手をくれる一部の人たち。私はただの裏方だから、小さくお礼をして走り去る。

今世の体というのは、本当に、思ったよりも動く。想像以上に、色んなコトができる。これなら前世よりも容易に、ハリウッドを目指せるのではないかと甘い蜜のような錯覚を刻む。けれど無限の可能性があるのに、前世と同じ夢でいいのだろうか。

(今の、父と母はどう思うんだろう)

演技の世界を今から目指すなんて、そんなの、普通の子供といえるのかな。愛する子供が急に妙なことを言い出したら、見るからに善人な二人が悲しまないだろうか。

前世は、ううん、自分の感覚で言えば〝つい先日まで〟は、ハリウッドを目指していた。でも今、その人生を終えて新しい人間として生きている。生きていく。なら、普通に学校に行って普通に結婚して、二人に孫を見せて……そんな、普通の女の子でいることが、両親に報いるということではないのだろうか。

(なら、私は、桐王鶫の夢を封印して――それで、なにを目指せば良いんだろう)

苦しい。幸福な家庭に生まれて、それで、どうすればいいのか。夢を諦めることができるのか。ただ泥のように纏わり付く思考は、鎖となって私の足を引く。今はまだ、答えを出せそうになかった。

　それから、あれよあれよという間に退院し、検査のために通院し、やっと家で一息吐（つ）いていた頃だった。天蓋付きのベッドの上に腰掛けて、いったいどうおねだりして新聞記事を読ませてもらおうかと頭をひねっていると、ノックの音が響いたのだ。

「はぁい」

「失礼します、つぐみ様」

「みかどさん！　おひさしぶりです」

「ええ、お久しゅうございます、つぐみ様」

　豪華な扉の向こうから現れたのは、お世話になっていた使用人（なんと純正メイド服だ）の、御門春名（みかどはるな）さんだった。確か、私が倒れた日は、ご実家の用事で故郷に帰省していたんじゃなかったかな。

　お見舞いに来てくれたときにとても後悔していた様子だったから心配だったけど、なんとか復活してくれたみたいだ。

「本日はお出かけの日とお伺いしております」

「へ？　そうなの？　どこへ？」

「ふふ、場所は秘密、ということでございました。さ、おめかしいたしましょう」

秘密の場所……サプライズかな?

たのしみだなぁ、と御門さんに告げながら、ちょっとだけ考える。そういえば退院祝いになんかするって言ってたなぁ。あんまりお堅いパーティーとかでないと良いけれど、今世のお金持ち具合がどの程度のものなのか、未だに把握し切れていないんだよなぁ。

このお屋敷の規模だって曖昧だし。やっぱり、子供のうちに得られる知識は限度があるな。今日、どこにいくにせよ、世間の基準をよく拝んでおこう。

「今日もお綺麗ですね、つぐみ様」

「そうかな? ありがとう、みかどさん」

鏡の前でくるりと回ると、白いワンピースの、フリルの付いたスカートがふわりと揺れる。ワンポイントにピンクのリボンと、上から羽織るのはふわふわのコート。白いつば広の帽子と、花のブローチのついた白いポーチ。白尽くめだ。洋館なので当然のように室内も靴かと思いきや、室内はスリッパだ。まぁ、母は日本人だもんね。

御門さんに付き従われて、部屋を出てリビングに向かう。やっぱり豪華で重そうな扉を御門さんに開けて貰うと、もう、そこには、上品なスーツを身に纏う両親の姿があった。ものすごい美男美女だけど、私、この二人の容姿のいいとこ取りなんだよね……。今更ながら、異国情緒深すぎて学校で虐められないか心配になってきた。

「おお、今日の格好も愛らしいね、ぼくの天使」

「素敵よ、つぐみ。さ、マミィにしっかり見せてちょうだい」

言われるがままにくるくる回ったり、頬にキスをしたりして戯れる。普通の親子ってわからないけれど、きっと、これが普通なんだろう。前世の私は大変ひどい状況だったのかもしれないと、今更ながらに思った。

「さ、行こうか」

「ええ、あなた」

上機嫌な二人と連れだって、玄関ホールから大理石の玄関に出る。履き替えるのは、可愛らしい白のローファーだ。二月も後半、肌寒さにちょうどいい出で立ちといえばそうだろう。でも、こう、なにからなにまで少女趣味で、それがこの容姿にはとてつもなく似合うことがわかってしまい、どうにも気恥ずかしい。

洋館を出て「……森かな?」みたいな素敵な庭を抜け、緑のアーチを潜ると、上品で大きな柵が自動で開く。すると、白くて大きなリムジンが止まっていて、運転手の眞壁(まかべ)さん(老紳士)が扉を開けてくれた。ナチュラルにリムジンを自家用車にするのってすごいね……。

「ダディ、マミィ、今日はどこへ行くの?」

「はは、秘密さ」

「でも、つぐみの喜ぶようなところよ」

リムジンのソファーへ横並びに腰掛けて、両親の話に耳を傾ける。どうやらサプライズなのは確定のようだが、さて、両親の思う私の喜ぶようなことってなんだろう? 前世の私の趣味はホラー映画鑑賞だった。でも、今世の私はホラー映画のことを知らなかったから、本当に興味のあるものもわからず、やたらと本を読んでいた気がする。

あとはなんだろう。蛙と鴉と蛇のミュージアムとか? 一般的な女性だと怖がると思うのだけれど、今世の母も平気なものだから、記憶が戻る前までは普通かと思っていたぐらいだし。

「そろそろつくようだ」

ノンアルコールカクテル(車内にあった。すごい)を飲みながらゆったりしていると、父が不意にそう告げた。私はそれに慌ててグラスを空にして、服の裾をきちんと直す。お金持ちの令嬢がぼさぼさの格好で現れたら、恥をかくのは両親だからね。

口元をゆるめながら手櫛で髪を整えてくれる母のされるがままになっていると、ほとんど音も揺れも無く、外の風景が停止した。どうやら、どこかのエントランスに到着したようだ。眞壁さんが扉を開けてくれるのでそれに続いて、母と父が私をエスコートしてくれる。すると、周囲にいたひとたちの視線が、私に集まった。

視線の種類は……好奇心、感心、驚き、不安、恐怖。ふふ、恐怖の感情はどこからくるのかしら? 前はこんなにはわからなかったけれど、今世はどうやらとてつもない才能を秘めているようで、こうして表情を見ずとも視線の種類だけで色々なことが手にとるようにわかる。いつか、この視線を全て恐怖に染め上げてくれるわ。ふふふふふ。

「たのしそうね、つぐみ」

「気になったものでもあったかい？」

おっと、漏れていたか。うっかりうっかり。

「ううん。でも、なにがあるのか楽しみ！」

私の言葉に、父は「そうか」と微笑(ほほえ)んで、頭を撫(な)でてくれる。ちょっと周囲の視線が変わった気がするけれど……なんだろう、これ。好意寄りの好奇心、とか？

まぁとにかく、父がさっと受付を済ませ、私と母を連れて歩いて行く。子供の歩幅にも完璧に合わせてくれる父は、きっと、とてもモテるのだろうな……。

エレベーターに乗って移動し、少し歩くと、大きな扉が見えてきた。会場名は扉の上の方に張り付けてあるのだろう。背伸びしてもよく見えない。そんな私を、母が柔らかく抱き上げてくれた。もう五歳だよ、重かろうに、申し訳ない……。

「んーと……しんしゅんれんぞくどらまこやくおーでぃしょんかいじょう……」

新春。

連続。

ドラマ。

子役。

オーディション。

会場……っ!?

「よく読めたね、偉いよ」

父の言葉で我に返る暇も無く、混乱から抜けきらないまま、扉が開け放たれる。中には複数人の親子のペア。これからオーディションを受ける――〝ライバルたち〟だ。

本当に今生でも、役者を目指して良いのか。普通の女の子として生きるべきではないのか。そんな胸の奥に燻(くすぶ)った葛藤が、かつての夢の残滓(ざんし)とともに解き放たれる。同時に、瞬間的に、意識の一部が切り替わった。私は今、役柄を勝ち取るためにいる。オファーが舞い込むようになったベテラン時代は前世に置いてきた。今は駆け出しのあの頃と同じ、自分の獲物は自分で獲得せねばならない状況なのだと、魂が思い出した。

「マミィ」

「？　ええ、ほら」

「ありがと」

母の手から離れる。視線はまだ私に集まっていた。なら、今この瞬間が見せ場だ。表情に色づけるのはあどけなさ。子供であるというアドバンテージを最大限に放出する、必殺の一撃。スカートの端を撫でるように整えて、手を前に揃(そろ)える。

大きな動きから目に入るように、観客の視線は、私の手から腰へ、腰から上って胸、顔と移りゆく。その動きに合わせて綻(ほころ)ぶように笑顔を浮かべ、勢いよく、頭を下げた。

「そらほしつぐみといいます！　きょうは、よろしくおねがいします！」

まずは先制ジャブだ。次はどうくる？　この場の支配者層は？　どこからでもかかってくればいい。どの角度からでも……

「……（あれ？）」

顔を上げて、首を傾げる。てっきり今からマウントの取り合いかと思ったのだけれど、どこからも反撃はこない。ただ、熱をはき出すようなため息だけが、小さく耳朶を震わせた。

「もうみんなを虜にしてしまうなんて……さすが、ぼくの天使だ」

「素敵な挨拶だったわね、つぐみ」

もしかして、こう、やり過ぎてしまったのだろうか。でもみんな。テレビに出て役を任されるかもしれないなんて機会、もっと必死にならないのかな？　テレビやラジオ以外に、認知度を広める手段なんかほとんどないんだし。雑誌とかも、テレビほどの影響力は無いもんね。

それとも、ローカル番組なのかな？　とくに事前練習もなしで参加だから、規模の小さい局なのかも。いやでも、ビルは立派だよね。

……大人げなかったんじゃないかと言われたら、なにも答えられないけれど。でもなんだろう、前世に比べて歯止めが利かない。感情のセーブは女優の基本だ。精神年齢が幼い少女の体に引っ張られているかもしれない。これ以降は周りの様子を窺いながら行動しよう。

「あ、もうみなさんお集まりですね？　それでは、これから一グループ五名に分かれてオーデイション会場に移動していただきます。オーディションは面接と実技に分かれていて、実技は台詞や歌唱力のテストなどを行いますが、現段階では技術を問うものでは……みなさん?」

入室した若いスタッフさんが手早く説明を行う、が、どこか反応が鈍いことに気がついて顔を上げる。それでようやく私たち以外の全員がまばらに反応し始めて、スタッフさんはしきりに首を傾げていた。

「えーと、では、グループはこちらで年齢などを考慮し分けさせていただきました。ただ、参加人数の都合で一グループだけ四名で行っていただきます。今回は企画段階からキャストに合わせて脚本作りも行うスタイルですので、合格人数もはっきりとは決まっていませんので、お子さんにはのびのびとした演技ができるよう場を整えさせていただいております。……それでは、入り口でプリントをお配りしますので、会場の、名前の書かれたブースへ移動してください」

なるほど、ライバルじゃなくて、協力しようというスタンスなのか。私は父と母からのサプライズだったから知らなかっただけで、他の人たちは知っていたのかな? それなら、先制ジャブを受け取らないのも理解できる。

……あからさまに喧嘩を売る形にしなくて良かった。協調性がないと判断されたらまずかったかも。

「なんだ、勝負ではないのか」

「ふふ、勝負では他の子たちが可哀想ですよ、あなた」

「それもそうだね」

……父よ、母よ、買ってくれるのは嬉しいけれど、まだ始まってないからね？　私が女優をやっていた時代も、時々とんでもない子役がいた。大人顔負けの演技力と子供らしい健気さを併せ持つような子だ。あの子だけが私との撮影であとに引き摺るほど怖がらなかったから、何度も共演した。

私が今、目指すべきなのは、あの子のような子役だろう。今はちょうど三十路といったくらいかな？　早くビデオを買って貰おう。テレビデオももっと高性能になっていることだろう。お金持ちだし、レーザーディスクかも。あの子の活躍が見たい。

「Dグループだね。他の子たちも来ているみたいだよ」

「女優の、朝代早月がいますね。娘を出しているのでしょうか？」

「だとしても、つぐみの敵ではないよ」

周囲には聞こえない絶妙な音量で話す両親の声が気になって、視線の方向を見る。鮮やかな赤毛の女性と、その足下で朗らかに笑う少女。周囲には、元々友人同士なのだろう、仲の良さそうな女の子が二人いる。

一人は眼鏡に二つ結びの髪の、おとなしそうな女の子。もう一人は、艶やかな黒髪に吊り目の、ちょっと気の強そうな女の子だ。明るい系、おとなしい系、クール系と個性が上手に分かれている。私は小悪魔系で行こうかな？　悪霊でも可。私も挨拶して、輪に加わろうかな？

「ではDグループの皆さん。本日は当オーディションにご応募くださりありがとうございます。それではさっそく簡単な面接を行いたいと思いますので、お子さんたちに自己紹介をお願いします」

挨拶に行こうとした足を止めて、説明に来たスタッフさんに向き直る。若い男性のスタッフさんで、横にはカメラマンと音声さん。一応、撮影もするらしく、監督と思しきひげ面の男性が一人付いていた。

周囲を見れば、他のグループも同じような感じで、一グループに四人がついているようだ。けれど、うん、おそらくこのグループだけ、他とは少し違う。

「それでは、君たちのことを教えてくれるかな？」

そう問いかけるひげ面の男性は、ひげのせいで老けて見えるが実年齢はもっと若いことだろう。他のグループを横目で確認すれば、進行役は案内スタッフがやっているのに対し、このグループだけは監督役の人間だ。少し、特別な意図を感じる。

「あさしろじゅりあ、六さいです！　よろしくおねがいします！」

「ゆうがおみみ、六さいです。あの、がんばります。おねがいしましゅ。あぅ」

「よるはたりん、六さい。よろしくおねがいします」

はっきりと答える三人に、迷いはない。この三人は他のグループとは違い、なんらかの経験か才能を持っているのだろう。ここになにをしに来たか、ちゃんと理解している。

なにより、やはりこの監督だ。にこにこと人好きのしそうな笑顔を浮かべているが、瞳の奥には炎のように苛烈な意志が見える。世に名作を送り出す監督はみんな、あんな風に瞳に熱を持っているのだ。

「さ、君のことも教えてくれるかな？」

私は他の参加者たちがそうしていたように、彼に向かって一歩踏み出す。私は今やホラー女優ではない。今は、親の期待を一身に背負って立つ、未熟な、そう——幼女なのだから。

必要なのはベテランの挨拶ではない。これから踏み出す少女の、健気(けなげ)な一歩だ。

「そらほしつぐみ、五さいです。どうぞよろしくおねがいします」

丁寧に頭を下げると、見学の両親がやたらと感動している姿が見えた。相も変わらず親ばかで心配になるが、手を振ってあげるわけにもいかないので、そっと目配せをするだけで許して欲しい。

ホラー女優、桐王鶫(きりおうつぐみ)はもういない。

今日からは、新生子役、空星(そらほし)つぐみとしての第一歩だ。

こんな変な子供を愛してくれる両親の期待に応えるためにも、全力で、この役を勝ち取ろう。

■オーディション会場（昼）
ひげ面の監督、平賀に年若いスタッフが話しかける。


「いやぁ、つぐみちゃんっていいましたっけ？　彼女には申し訳ないですね」

簡単な面接を終えて、次の準備に取りかかる間。オーディションスタッフが俺に話しかけてくる。今日のオーディションは、所謂二世子役のための出来レースだ。舞台を学校にするために多くの子役を集めるが、主要な子役は三人。

そうなるとやはり、今注目の女優・俳優の子供たちにスポットライトが当てられることになるだろう。どうせ、ずば抜けた才能を持つ子供が見つかる確率なんか、宝くじを当てるよりも難しい。いればラッキーという程度のことだ。

そのために、オーディションは五人一組で、あの三人だけ個別のグループに当てはめ、顔合わせも兼ねて監督の俺が見ることになった。もちろん、酷すぎたら落とすつもりだが、受け答えを見るにその必要も無いだろう。子役は最低限、台詞を覚えて言われたことをやってくれたらそれでいいのだから。

朝ドラ女優、朝代早月の一人娘、朝代珠里阿。

母親似の鮮やかな赤毛の少女で、おそらくリーダー気質。

昼メロドラマの女王、夕顔夏都の一人娘、夕顔美海。

おとなしそうな顔立ちだが、夏都の幼少期に似ている。将来は色気のある女優になるだろう。

月九の顔、俳優の夜旗万真とアナウンサー夜旗真帆の娘、夜旗凛。

母親同様気の強そうな顔立ちながら、父親似の優しげな口元。利発そうな子だ。

なるほど。粒ぞろいだ。出来レースと称するのもわかる。いや、だからこそ、だろうか。俺は気軽に告げるスタッフに、口角をつり上げて答えてやった。

「いいえ、まだわかりませんよ」

「え？　でも」

「目があれば枠を減らすことも――増やすこともある。そういう約束でしょう？」

「え、ええ」
・・・あの才能を前にして、出来レースなどと口にできる厚顔さには恐れ入る。
視線の動き、状況把握、動じずに立ち向かう剣のような姿勢を、百合のように鮮やかな花の下に隠して微笑んだ少女。飛び入りだったからこそ俺の見るグループに放り込まれて不運だと思っていたが、そうではない。試されているのは俺たちだ。

「次のテスト、自分もお題をやらせていただけるんでしたよね？」

「は、はい。簡単な台詞を用意しておくんでしたっけ？」

「いや。ちょっと趣向を変えてみようと思います」

「はぁ……?」

この仕事どうなることかと思っていたが、どうやら随分と楽しませてもらえそうだ。

Scene 4

オーディション会場（昼）

■周囲を見るつぐみ。

つぐみは意を決して他の子役に話しかける。

すこし広めにとられた空間。ずらりと並ぶ机。目の端に見えるのは、少しずつ用意されていく小道具の数々だ。その様子を傍目で確認しながら、私は今度こそ、一つ年上の少女たちに挨拶に行くことにした。

両親に確認してみれば、やはり、彼女たちの親は芸能界の人間のようだ。しかも、親同士も子供同士も仲が良い、と。なるほど読めてきた……が、子供にはそんな裏事情、関係ないだろう。妙に迫力のある私の両親が向こうの付き添いの親を抑えてくれているうちに、交流を図っておこうかな。

「こんにちは」

私がそう声をかけると、おとなしい系少女のみみちゃんは活発系少女じゅりあちゃんの背に隠れ、その様子に、クール系少女のりんちゃんが、やれやれと首を振った。

「こんにちは！　三人だけってお母さんがいってたけど、ふえたんだな！」

それはたぶん、言っちゃいけないやつだと思う。そんな感想を笑顔の裏に隠して、私はじゅりあちゃんに応える。

「うん。きゅうに決まったんだ」

「ふぅん、そうなんだ。あ、あたしはじゅりあ。よろしく！」

「つぐみです。よろしくね」

「つぐみか！　なんかつぐみって、ヨウセイみたいだな！」

ようせい……妖精か。シルバーブロンドにサファイアの瞳という配色は、確かに北欧系の妖精っぽい。

「ほら、みみもあいさつ！」

「み、みみです。よろしくおねがいしましゅ」

「りん。よろしく」

「うん。よろしくね、みみちゃん、りんちゃん」

なんとか三人ともと挨拶を交わすことができた。やっぱり、人との交流は基本中の基本だ。思わぬ繋がりになることもあるだろうし。なにより、同じ現場に立つ人間とお喋りの一つもできないのでは、連携も共感もできなくなってしまう。

さてもうちょっとお喋りでも、と、口を開きかけたところで、また待ったがかかった。どうやら準備が終わったようだ。

「ではまず、簡単な台詞テストを行います。台本をお渡ししますので、書かれている台詞を思うように読み上げてください」

渡された台本は、みんな同じものだ。同じ台詞で、表現の違いを見るのだろう。けれど三人は、さっと目を通すだけだ。これはたぶん、覚えてきているな？ まぁでも普通は、子役のオーディションって、二〜三日前に台本は渡されるらしいしなぁ。

もっとも、今日この場の感じだと、他の子も事前に渡される感じではないようだけれど。八百長か？ 八百長なのか？ なんだか燃えてきたので、台本にさっと目を通して閉じる。高性能ボディの今世は、やたら記憶力が良いのです。

「ではまず、朝代珠里阿ちゃんからお願いします」

「はい！」

担当をするのは、あの監督だ。なんだかさっきまでよりも、雰囲気が鋭利になっている気がする。

相手役は、向こう側が用意した女性だ。劇団員ということらしい。シチュエーションは簡単なもので、母親の留守中に置物を割ってしまい、それを隠すというものだ。どうやら大トリのようなので、まずは見守らせて貰おうかな。

じゅりあちゃんに渡されたのは、置物の破片だ。陶器のように見えるけれど、安全性に配慮して樹脂製らしい。これをどう隠しながら演技をするか、という、アドリブ力も見るようだ。台詞も、言い換えや場面設定の自由度を高めた簡易的なもので、こう書かれている。

娘「あの、おかあさん」
母「どうしたの？　○○（お子さんの名前で呼びます）」
娘「……」（黙る、誤魔化す、なにか台詞を入れてもいいです）
母「なに？　あなた、後ろに何を隠しているの？」
娘「……大切なものだったのに、壊しちゃった」
母「あら！　まったく、あれほど注意しなさいと言ったのに。なにか言うことがあるわよね？」
娘「ごめんなさい」
母「それから？」
娘「……もうしません」
母「いいでしょう」

といったものだ。脚注にも、「演じているイメージに合わせて言い換え可」と記載されていることからもわかるように、娘、というが、本人が「自分がやらかしたらどうするか」を考えて演じて良いということだろう。

　つまるところ、決定的に逸脱したり、途中で放り出したりしなければ、なにをやってもいいという緩いルールで行われる。これに役者魂が震えない女優がいるだろうか？　少なくとも私は今、あくどい笑みを浮かべそうな自分を押し殺しているくらいだ。

「皆内蘭（みなうちらん）です。よろしくお願いします」

「はい！　じゅりあです！　よろしくおねがいします！」

　皆内さんは、おそらくまだ二十代前半くらいの若い女性だ。子供相手なのに、ちゃんと相手を尊重している。きっと、真面目な方なのだろう。

　じゅりあちゃんは、好きに使って良いと言われた小道具から、バケツを持ってくる。そして、床に置いた陶器の破片を、バケツですっぽりと隠してしまった。

「では、準備は良いかな?」

　監督が告げると、じゅりあちゃんはバケツに両手を置いて、皆内さんに背を向けた。

「それでは……シーン、アクション！」

　監督の声に合わせて、演技が始まる。さて、拝見拝見。

「あのぅ、そのぅ、おかーさん」

「どうしたの？　じゅりあ」

「えーっと、あたし、ソウジしてて！」

「そうなの？　……じゅりあ、あなた、後ろになにを隠しているの？」

　気まずそうな声。皆内さんも、じゅりあちゃんの演技に合わせて台詞（せりふ）を変えてくれている。けっこう柔軟な対応が期待できそうだ。

「じ、じつは、これ」

「まぁ！」

「ごめんなさい！　だいじなものだよね？　わっちゃった……」

「まったく。あれほど気をつけなさいって言ったのに。なにか、おかあさんに言うことがあるわよね？」

「うぅー……もうしません」

「よろしい。もう誤魔化（ごまか）しちゃ駄目よ？」

「はい……」

しゅんと項垂(うなだ)れるじゅりあちゃんは可愛らしい。きっと、家でもあんな感じなのだろう。誤魔化(ごまか)して、ちゃんと謝るところも良い。

でもこれ、台詞(せりふ)的に見ればけっこう変えてきたな……。周囲のグループの演技に耳を傾ければ、どこも完全に台本どおりだ。むしろ、皆内(みなうち)さんの対応力が試されているのではないか？　という気さえしてくる。

「カット！　いいね、さすがだ」

「えへへー」

「結果はあとで公表するから、次に行こう。次は……みみちゃんだね」

「は、はい！　が、がが、がんばります！　すぅ、はぁ」

みみちゃんはそう、こぶしをぎゅっと握って宣言する。一生懸命な子なんだろうなぁ。ただ、ちょっと気弱なだけで。そんなみみちゃんは、陶器の破片に物をかぶせたりはせず、ただ、破片を背で隠した。両手を胸の前でもじもじとさせていて、どこかいじらしい。

同じように監督が合図を出すと、みみちゃんは目をぎゅっと瞑(つぶ)って、台詞を始めた。

「あ、あの、おかあさん」

「どうしたの？　みみ」

「わ、わたし、おかあさんの大切なものだって知ってたのに、わたし」

「みみ？　……後ろに、なにを隠しているの？」

みみちゃんは、皆内さんの視線に、怯(おび)えたように目を逸(そ)らす。代わりに、震える足で一歩横に退いた。


「あら！　……壊しちゃったのね？」

「うん。ごめんなさい、ごめんなさい、おかあさん！」

「まったく。怪我(けが)はないのね？」

「うん……もうしません、ごめんなさい」

「良いでしょう。次から気をつけようね？」

「はい……」


素直にちゃんと謝るのは、隠した罪悪感も含めてのものか。きっと、厳しいご家庭なんだろうなぁ。ついつい、みみちゃんの素のご家庭に思いを馳(は)せてしまう。

それはそうと、皆内さん、ほんとにすごいなぁ。お子さんなんてまだおられないだろうに、完全に、母親として演技している。アドリブ力も高いし、もしかしたらこの人も今回のドラマに関わりがあるのだろうか？

「カット！　いいね。うまく言い換えられているし、表情もなかなかだ」

「は、はい。……ほっ」

「よし。じゃあ次は、りんちゃんだね？　もう、いけるかな？」

「はい」

りんちゃんは率直にそう告げると、破片を足下に置く。あえて隠さないスタイルで、斬新だ。でもよく考えるとこれ、これだけのパターン出されちゃうと、普通の子だったらなにしていいかわかんなくなっちゃうな……。

りんちゃんと皆内（みなうち）さんの間に破片がある状態で、定位置につく。皆内さんもちょっと思案気味だったが、監督が定位置につくと、表情が切り替わった。そしてまた、同じように幕が上がる。

「……」

つん、と澄ました表情で、りんちゃんはそっぽを向いていた。

「りん。これはどうしたの？」

「……こわれてた」

「おかあさんが出かける前は、壊れていなかったわよ」

「うっ……こわしました」

「まったく。おかあさんに、なにか言うことがあるでしょう？」

「もうしない」

「そうだけど、もう一つ。言ってごらんなさい」

「…………ごめんなさい」

「よろしい。もう、嘘吐(うそつ)いちゃだめよ？」

「はーい」


これは、中々。クール系だと思ったけど、けっこうのんびりやな子なんだね。アットホームなご家族なのかも。アレンジもよく利いていたわりに、一番台本に近い。台詞(せりふ)も少ないし、もしかしたらあまり話さなくてもいいようにしたのかも。

こうなると本格的に、ひととおり家で練習してきてるよね？　承知の上なのかな。まぁ、私には関係ないが。私は私のベストを演(や)るだけだ。

ただ、両親に悪いから、悪霊モードはやめておくけれど。

さぁ、今日も楽しい演劇を始めよう。

お題目は〝大事なものを壊した少女〟。

昔からの自己暗示。人差し指で胸をとんっと叩くと、役が私に降りてくる。

スイッチは、まだ入れない。それは、監督の役目だから。


「はい、良かったね。りんちゃんもなかなかだ」

「はい」

「では……このグループは、次で最後だ。いけるかな？　つぐみちゃん」

「はい。いつでもだいじょうぶです！」

「良い返事だ。それでは、位置について」

オーディエンスは充分。

共演者も準備はできている。

さ、それじゃあ、始めようか。

「アクション！」

監督の、かけ声で——意識が、かちりと切り替わった。

■ オーディション会場（昼）
つぐみの演技に注目する監督・平賀（ひらが）。


　この演目、最後のターンはあの子だ。一人だけ、台本を事前に渡されていない――つまり、なにもかも即興で考えなければならない時間。

　普通の子供なら、台本どおりにやるかテンパって終わりだろう。でも、俺の直感が、そんなありきたりな展開では終わらないだろうと、警鐘を鳴らしていた。

「（さぁ、みせてくれ、空星（そらほし）つぐみ）……アクション！」

　陶器の破片は、皆内（みなうち）と彼女の前。夜旗凛（よるはたりん）のときよりも、彼女側にある。それに対してつぐみは――ぺたん、と、髪を垂らして座り込んだ。

「……」

「どうしたの？　つぐみ」

　ここまでは、台本どおり。だが、皆内の困惑が伝わってくる。そして、皆内がアドリブで次に繋（つな）げようと口を開きかけたタイミングで、つぐみは顔を上げた。

　血の気の引いた顔。白く、引き結ばれた唇。大きな青い瞳から、星の瞬きのように、零（こぼ）れる一筋の涙。

「……っ」

口を開きかけたタイミングだったことも合わさって、皆内は二の句を告げぬまま息を呑む。
まるで、そう演技するように誘導されたかのように。

「ごめん、なさい。おかあさんは、気をつけなきゃって言ってくれていたのに」

宝物であったのだろうか。
大切なものであったのだろう。
つぐみは、羽の折れた小鳥を掬うように、破片を持ち上げる。

「大切な、ものだったのに……っ」

落とされた視線。
宝物を持つ手は震え。

流れる涙は、床を濡らす。

力ない足。／駆け寄る足からスリッパが脱げても。

破片をなぞる手。／リビングのフローリングだろうか。

心の痛みに震える肩。／点滅する電球。／月明かり。／夜風。／肩を抱きしめ――

「かわいそうに」

俺はそう、隣で呟かれたスタッフの声に、不意に、我に返った。

――ちがう！

ここは、あの子の暮らす家ではない。ここは、思い出に想起されるような場所ではない！

言い聞かせなければ、あの世界に没入してしまうような……魅了の、声だ。

周囲の人間は全ての行動をやめ、いじらしく涙に濡れる少女に魅入っていた。よくとおる声、胸に染みるトーン、場の空気を世界に取り込んでしまうかのような、真に迫った演技。

もしこれが、涙を誘う物語なら観客も枕を濡らし、憤りを覚える物語なら観客も怒りに震え、歓喜の物語ならば観客も心底から歓声を上げ、恐怖の物語ならば――想像するだけでも恐ろしい。

（五歳でこんな――俺は、歴史のワンシーンに立ち会っているのか？）

相対している皆内は、〝あの大女優の秘蔵っ子〟は、いったいどう思っているのか。いや、第三者ならまだしも、直接演技に巻き込まれているんだ。考える暇も無いだろう。

皆内（みなうち）は、最初の沈黙が響いている。これがもっと役の作り込まれた舞台ならまだしも、これは即興劇のようなものだ。合わせて演じるしか、ない。


「つぐみ」

「おかあさん……？」

「いいの。いいのよ」

「で、でも。これがなかったら、もう」

「いいの」


皆内はそう、震える彼女を抱きしめる。壊れてしまったものよりも、大切なものがあると、示すように。

「カット……いや、驚いたよ」

俺はそう、最高のタイミングで幕を下ろした。次の台詞（せりふ）を言わせるよりも、これで幕を引いた方が美しい終わりになる。そう、経験が告げていたからだ。

そしてそれは、空星（そらほし）つぐみにとっても同じだったのだろう。彼女は幕が終えるまで、じっと黙っていたのだから。

「つぐみちゃん。君はどうして、ああいった劇にしたんだ？」

皆内に笑顔で頭を下げて礼を言っていた彼女に、俺はそう聞いた。他の三人にあったのは、〝母親の大事なもの〟を壊したコトへの罪悪感だ。けれど、彼女だけは、身を切るような痛みを演技に乗せていた。

「えっと。だいほんに、〝だれの〟たいせつなものか書いてなかったので、わたしのとってもだいじなもの、だと思って、えんぎしました」

「なるほど、確かに」

そうか。確かにそうとも捉えられる。そして、それを見抜く目があることすらも、わからせられる。

子供だと思って侮れば、喰われるのは俺だ。天使のように愛らしく、演技の内容も心清らかな少女のものだった。だからこそ、次のテストで確実に見極めなければならない。

「ありがとう。じゃあ、次のテストまでの間、少し休憩していて」

そう告げて、未だ夢見心地のスタッフに指示を出す。もう、止まっている暇はない。

――あとになって思い返せば、俺はこのとき、たかだか演技のテスト程度では彼女の真価は計れない、と、思い知らされることを、想像もしていなかったのだ。

Scene 5

控え室（昼）
凛・珠里阿・美海に囲まれるつぐみ。

　大人たちが次のテストの準備をしている間、私は他の子供たちに囲まれていた。

「つぐみ、すごい。どこでならったの？」

「えーっと、じぶんで、かな。けがで入院してて、ひまだったの」

　意外なことに、一番目を輝かせてそう寄ってきてくれたのは、最初はクール系だと思っていた、よるはたりん（夜旗凛、と書くらしい）ちゃんだった。りんちゃんは全体の表情はあまり変わらないが、目で語るタイプなのか、とにかくキラキラとした目で話しかけてくる。

　深い濡れ羽色の髪がぴょんぴょん揺れる度に、こう、愛おしさのような面はゆい感情が膨れあがってきた。この感情は……なんだろう？　恋？　いや変か。これがオタクの方々の言う、萌えというやつなのか。

「わ、わたしも負けていられない。……が、がんばる」

　ふんす、と気合いを入れているのは、みみちゃんだ。夕顔美海ちゃん、と書くそうだ。名札プレートで確認した。

彼女もまた意外なことに、怯えたり戸惑ったりするのではなく、私に向けて闘争心を漲らせていた。茶色の髪は地味な印象に一役買っていると思っていたが、こうして強気を見せると、明るい髪色が彼女を際立たせていた。

「なんだよ。ふん……あんなの、ぜんぜんまだまだだかんな！」

「あはは、そうだね」

「——……ふんっ！」

そして、もっとも意外だったのが、明るく人なつっこいようであった彼女、朝代珠里阿ちゃんだ。珠里阿ちゃんは鮮やかな赤毛を揺らしながら、ふん、とそっぽを向いて腕を組んでいる。そのくらいのほうがのし上がっていくライバルとしてはちょうど良い。

でもなんだろう。女優の魂がそう思う反面、年喰った前世の自分が、幼い少女を虐めているようで大人げないし恥ずかしい、と、嘆いているような気もする。ちょっと複雑な気持ちになってきたので、凛ちゃんで癒やされておくことにしよう。

「みんな、そろそろ次のテストに移行するよ。今度はグループごとの個性に合わせたセットを用意したから、隣の部屋に移動しても良いかな?」

セットを用意した? たかだかオーディションで、そこまでするのかな。桐王鶫のデビューはティーンズだったから、子役の世界について詳しくないだけかもしれないけれど。

でも、ちょっとだけ視線を動かすと、多少の違和感がある。汗だくのスタッフ、急いでどこかに指示出ししているスタッフ、非常に怪訝な顔をしている珠里阿ちゃんのお母さん、にこにこ笑顔の私の両親――は、いつもどおりか。

そんな中、私の懸念が当たったのか、珠里阿ちゃんのお母さんは足早に若いスタッフに詰め寄り、小声でなにかを話していた。普通ならば聞こえないのであろうけれど、そこはそれ。ホラー女優なら役者の息づかいも聞き逃さないのです。

「ちょっと、どういうことよ。簡単なテストでさっさと終わらせるんじゃなかったワケ？」

「す、すいません。第二テストの内容は平賀監督が決めることになっておりまして……」

「だから、それが簡単なテストじゃなかったの？　って聞いてるのよ！」

「ひぇ、も、申し訳ありません。なにぶん、人員に変動がありましたので……」

「そうよ、だいたいあの子供は誰なのよ！　あれの両親は笑顔なのに妙に怖いし……」

「ス、スポンサーの意向だとか……。それ以上は自分ではわかりかねますぅ」

「スポンサー……？　空星なんてスポンサー、いたかしら？？？」

……うーん、やっぱり事前にある程度決まっていて、それが一人増えたからやることが増えた、のかな？　ちょっと悪いことをしたかも。でも、少なくともうちのグループから欠員を出すような感じでもないんだけどなぁ。

あと、スポンサーと言われたら、そりゃあお金持ちなんだからスポンサーくらいしてそうだよね、という気分になる。まさか、前世で倦厭していた〝スポンサーのコネ役者〟に自分がなる日が来ようとは思わなかったなぁ。はやく実力で役を勝ち取らないと。

ちなみに、私の名前は本来は〝つぐみ・空星・ローウェル〟といい、日本で暮らしやすいように、ミドルネームに入っている母方の姓で名乗っているだけなので、スポンサーというのなら父姓の〝ローウェル〟かもなのです。

「むむむ、見てて、おかあさん！ あたしはぜったい、まけないから！」

「しゅうちゅう、しゅうちゅう、人と書いて、のむ」

「……きょーのよるごはんなんだろう」

三者三様。個性の分かれる三人を眺めながら、隣室に移動する。隣室……のはずなのに扉を幾つか見送り、エレベーターに乗らされ、隣室という名のどこかへ連れていかれた。おそらく、ほかのオーディション参加者への配慮で隣室という言葉を使ったのだろう。

行った先は、ある程度のセットとカメラ、音声、マイクのある場所で、モニタールームと併設されているスタジオのようだ。って、いやいやこれ、なんだったらドライリハーサル（カメラのないリハーサル）を超えて、本番同様のセットなんだけど？？？

参加者に役者気分を味わわせたいとか？ いやいや、モニター側にどっしりと座ってるのって、プロデューサーじゃない？ もう、深くは考えないようにしよう。

「今回は、メインキャストを決めてから脚本を作るタイプのドラマを行います。そこで、四人でカメラの前で即興劇を行っていただき、合格なさった場合のポジション決めの参考にいたします」

　もう合格済みですと言っているようなものじゃないのかなぁ。まぁでも、親に伝われば良いのか。子供たちは、〝これで受かればメインキャストができるかも！〟と考えてくれたらそれでいいわけで。

　セットは、学校の教室のようだ。黒板、掃除用具入れ、机、椅子、教壇。五歳六歳なら、小学校低学年くらいの役回りはできることだろう。

「ここで、四人で話し合って、二つの即興劇をやってもらいたい」

　そう切り出すのは、監督……そう、珠里阿(じゅりあ)ちゃんのお母さんが言っていた、〝平賀(ひらが)監督〟だ。

「一つ目のテーマは、〝転入生と優しいクラスメート〟。二つ目のテーマは……これは、一つ目が終わったら発表するから、まずは一つ目のテーマを頑張って欲しい」

「はい！」

「は、はい！」

「はい」

「わかりました」

　ということで、四人で集まって内容を決める。即興劇だから、方向性だけ決めて自由にやる方が良いだろう。大人だったら逆に、台詞(せりふ)まである程度心得ていた方が良いかもしれないけれどね。

そう四人で膝をつき合わせると、誰よりも先に、珠里阿ちゃんが手を挙げた。お、リーダー気質かな？　私としても、競い合いたいだけで蹴落としたいとは思っていない。進行役を買って出てくれるのならそれでもいい。

「あたし、やさしいクラスメートやりたい！」

「わ、わたしも」

あー、なるほど。なるほど。みみちゃんもちゃっかり便乗している。

「なら、わたしが〝転入生〟をやるから、りんちゃんもやさしいクラスメートでいい？」

「うん」

元々仲の良い三人が、外国人の転入生を温かく迎え入れる、というストーリーならソレっぽいのではないだろうか。ほら、私ってば完全に外国人の配色だし。

でも、そのままやってもつまらないよね。よし、一ひねり加えよう。

「じゃ、わたしはニホンゴはわからない役にするね」

「？　それだと、コトバがつうじないぞ？」

「だいじょうぶ！」

「？　あ、つ、つぐみちゃん、それなら名前も、エイゴのほうがいい？」

「そうだね。うーん、りんちゃん、なにがいいと思う？」

「アリスとかでいいんじゃない？」

じゅりあちゃんの言うことはもっともだ。台詞もなにもないだろう。でも、喋るだけが表現ではないのだ。悪霊が喋るか？　いいや、悪霊は、言葉が通じない存在だからこそ恐ろしさが増す。だからホラー役者は人一倍、言語以外での表現にこだわるのだ。

方針を伝える。つまり、言葉が通じない外国人に優しくしてあげる感じ、ということだ。あとは、可能であれば、とっかかりとしてみんなに紹介する先生役が欲しいな。あ、そうだ。

「ちょっと、せんせい、やってくれないか聞いてくるね？」

「あ、うん、まかせた！」

「じゅ、じゅりあちゃん、もう」

「よろしく」

セット内をちまちまと歩くと、直ぐに目的の人物を見つけた。というか、平賀監督も一緒にいたので非常に見つけやすかった。

「あの」

「ん？　ああ、もう準備が終わったのかい？」

平賀監督は、私を視界に入れると笑顔でそう告げる。

「そうなんですけど、そうじゃなくて」

「？」

「〝先生〟やくを、みなうちさんにやって欲しいんです」

私がそうお願いすると、平賀監督の隣にいたそのひと——皆内蘭さんが、瞳をぱちくりと瞬いた。

「私？」

「はい！」

「監督、どうしましょう？」

「良いんじゃないかな？　ただし、今回だけだよ」

「はい、わかりました！」

皆内さんに向き直ると、彼女は私に柔らかく微笑んでくれた。さっきのテストでは纏めていた髪を、今は下ろしている。そうするとどうだろう、柔らかい表情も相まって、想像よりもずっと幼く見えた。

あと、そう、なんだか誰かに似ているような、そんな気がする。

「よろしくね、つぐみちゃん」

「はい！　ありがとうございます！」

皆内さんの手を引いて、みんなのところへ戻る。みんなも、皆内さんを笑顔で迎え入れてくれた。

そうすると、示し合わせたように監督が合図を出してくれたので、みんなで教室のセットに並んだ。廊下部分は作っていないようなので、教壇の横に並べてスタートだ。ついでに、状況もセットしよう。


遠い異国。

言葉は通じず。

不安と希望が混ざり。

けれど、踏み出す一歩は儚く。


「では、始めよう。シーン――アクション！」

かちりと、歯車がかみ合った。

「それでは、今日からみんなのお友達になったアリスちゃんよ。まだ日本の言葉がわからないようだけれど、みんな、仲良くしてあげてね」

「ヨロシク、オネガイシマス」

――頭を下げると、戸惑いの視線が刺さる。仲良くできるかな？　嫌われたりしないだろうか。故郷では友達が直ぐにできた。でも、この遠い異国では？　不安から迷う視線は落ち、つま先ばかりを見てしまう。

だめだ。早く顔を上げないと、先生に迷惑をかけてしまう。そう、先生を見れば、先生はにこにこと微笑(ほほえ)むだけだった。日本語はあっていたと思う。間違えた？ 間違えたらどうしよう。時間が経てば経つほど、恐怖は大きくなっていった。

「あたしはじゅりあ！ アリスでいいんだよな？」

頷(うなず)く。けれど、またおかしなコトバを使ってしまうのが怖くて、声に出すことはできなかった。けれど、私の行く先のない手を、珠里阿(じゅりあ)ちゃんは握って持ち上げてくれた。

「せんせー、あたしのとなりでいーよな！」

「ええ、もちろん。アリスちゃんも良いかな」

夢中で頷くことしかできない私を、珠里阿ちゃんが引っ張ってくれた。そうしたら直ぐに、私の席の前に座っていた、夜のような髪の女の子が、こっそり話しかけてくれる。

「じゅりあはゴーインだから。こまったことがあったら、わたしに言って」

「……っ、……っ」

「りん、なにかいったかー?」

「なんでもないよ」

必死で首を振る私に、凛(りん)ちゃんは冬の海のような静かで落ち着いた笑顔を見せてくれた。故郷はとても寒いところだった。寒い海のように静かなのに、とても温かい笑みだった。

席について、一日がなんでもないように始まろうとする。そういえば、教科書はまだない。机の中になんかある訳がないのに探って、視線を左右に彷徨(さまよ)わせて、かけられるコトバがないことに気がついた。

今までどうしていたんだっけ。混乱でコトバは胸のうちから出てこず、ママに選んで貰(もら)ったスカートの端を握りしめて、震える瞼(まぶた)を誤魔化(ごまか)して——不意に、隣に熱を覚えた。

「ね、わたし、みみ。いっしょにみよ?」

「……——っ」

机をそっと寄せてくれた少女に——瞼の震えが、止まった。

「——カット!」

——カチリ、と、歯車が外れる。役の余韻は胸の裡(うち)に還(かえ)り、アリスという少女は眠りについた。起き上がってくるのは、いつもの私。桐王鶫(きりおうつぐみ)という女優が夢の途中に絶え、次の生を送るハーフの少女、空星(そらほし)つぐみだ。

「ああ——やっぱり、役者ってたのしい」

零(こぼ)れた声は、響かない。ただ、静寂だけが鈍く答えた。

Scene 6

■ オーディション会場（昼）
つぐみは、上の空の美海(みみ)に声をかける。


一つ目の演技を終えて、私は隣の美海ちゃんに声をかける。

「おつかれ。ありがとう、みみちゃん」

「アリ——あっ、え、う、ううん。だい、だいじょうぶ。おつかれさま、つぐみちゃん」

私の一言を合図に、みんなが空気から抜けていく。うんうん、我ながら良い薄幸の少女だったんではないだろうか。このあと、不慮の事故で死んで幽霊として登場しても違和感ないね……って、違う違う。

「あれ？　あたし、教室に……ちがう、ちがう、オーディション中だ。あれ？」

「……ゆめみごこち。このまま寝られる」

「ね、ねちゃだめだよ、りんちゃん」

役から抜ける時間って、けっこう役者さんでも違いがある。カメラがあるうちは抜けられないひと。シーン中は全てその役の人格で生きるひと。私みたいに、シーンの終わりを合図に抜くひと。なんか自然に抜けるひと。

今、みんな徐々に抜けてきたのだろう。ざわめきと足音が、周囲に広がっていった。父と母に手を振ると、二人もにこやかに振り返してくれる。あれ？　泣いてない？　あれ？

「――この余韻を嚙みしめて眠りたいところだけど、まだもう一つ、見極めたいことがある。次のテストの題目を言うから、よく聞いておいて欲しい」

平賀監督の言葉で、みんなが集まる。監督はモニタールームに目配せをしてから、私たちを見回した。

「次も同じように教室だ。けれど、今度は二つに分かれて欲しい」

「二かいやるんですか？」

「はは、いや、そうではないんだ、つぐみちゃん。簡単な話だよ。善と悪。良い子と悪い子に分かれて、四人で演技をして欲しい。どんな感じにするかも、任せるよ。でもどうしてもわからないことがあれば、聞いて欲しい」

「わかりました」

なるほど。確かに、演技の幅が見たいんならアリかなぁ。そう思って三人を見ると、三人とも硬い表情をしていた。さっきまでのびのびとしていたのに、いったいどうしたんだろう？

あ、もしかして、悪い子の役はやりたくないとか？　それは——いや、考えようか。ちょっと楽しくなってきた。

「じゃあ、四人で相談してみて」

再び、膝をつき合わせて集まる。けれど今度は、誰もなにも言い出さない。どうしようかと思案していたら、不意に、珠里阿（じゅりあ）ちゃんがなにかを呟（つぶや）いた。

「——ない」

「え？」

「あたし、わるい子はやりたくない！」

意外だ。もっと、こう、前に出ることを嫌がらない子だと思っていたのだけれど。

「で、でも、じゅりあちゃん、だれかがやらないと」

「そうだよ。じゅりあはさっきだって、やりたい役をやったんだから」

「じゃあ、凛（りん）がやればいいだろ！　あたし、あたしだって、だって、ほんとうは——」

「む。いいよ、じゃあわたしがやるよ」

凛ちゃんがそう言い放つ。だが、表情には少しわだかまりがあるように見えた。それに、美海ちゃんはおずおずと声をかけようと手を伸ばし、けれど、力なく落とす。

珠里阿ちゃんは一瞬だけ後悔をしたように見えたけれど……結局、唇を噛みしめてそっぽを向いた。これはなにか、事情があるんだろうなぁ。うん、それならやっぱり、おねえさん（お肉体年齢は年下）が、一肌脱いじゃおうかな。

「じゃ、りんちゃん、いっしょにわるい子、やろ？」

「え――いいの？　つぐみ」

凛ちゃんは一瞬とても驚き、それから、おずおずと承知した。もちろん、良いに決まっている。最初からそうしようとすら思っていた。けれど、せっかくだから、この状況を利用させて貰おう。

「もちろん！　そのかわり、げきのないよう、きめてもいい？」

「いいぞ！　あたしとみみがいい子なんだろ？　まかせた！」

「も、もう、じゅりあちゃん」

「きゅうにゲンキになった。じゅりあはゲンキンなやつだ」

私の提案で、一触即発かと思われた空気は霧散した。もちろん、元々仲の良い三人組であったことが功を奏したのはいうまでもないが。

私は三人に、方向性だけ伝える。入念な役作りができないのなら、方向性に従って自由にやってもらった方がいいからね。

「まず、わたしがみみちゃんをイジメます」

「え！　あ、う、うん、がんばってイジメられるね……？」

「で、りんちゃんはいじめっ子のわたしといっしょにいて？」

「わるい子なかまだもんね。まかせて」

「じゃあ、あたしはたすけに入ればいいんだな！」

私の簡易的な説明を、みんなはすんなり呑み込んでくれた。珠里阿ちゃんも、心なしかイキイキとしているように見える。

で、本番はここから。

「そう。で、みみちゃんは、わたしがなにを言っても、いや！　とか、やだ！　とかで、いやがって」

「う、うん？　わかった」

「りんちゃんは、ホントウはわたしとじゃなくて、じゅりあちゃんたちとあそびたいけど、わたしのことを一人ぼっちにしたくなくて、しょうがないからいっしょにいるって思っておいて」

「いいよ」

「じゅりあちゃんは、わるい子の役はキライだけど、りんちゃんのコトはすき」

「？　いいぞ！　りんとは前からなかよしだしな！」

　よしよし、これでベースはできた。美海ちゃんには、どうしようか。叩くわけにはいかないし、水をかけて風邪を引いたら大変だし……打ち合わせしておいて突き飛ばそう。両手で押して、美海ちゃんにも倒れて貰う感じ。

　美海ちゃんにそう提案すると、彼女は乗り気で頷いてくれた。勢い余って、お尻を痛めちゃわないようにしないと。

「――お、できたか？」

　監督の方を見ると、彼は笑顔で首を傾げた。情熱とか色々なものが作用しているのか、声をかける度に子供っぽくなっていく気がする。

「はい」

「よし。じゃあ全員、準備だ！　張り切っていこう！」

　悪、悪、悪か。この子はどんな事情で悪になったんだろう。どうしようもない理由？　そうだね。そういう子もいるんだろう。親の教育？　一番ありそうだ。でもやっぱり、一番、なによりも、〝怖い〟のは――やっぱり、コレだよね。

　理不尽。

オーディション会場の端（昼）
平賀は局の大物に声をかける。

大物重鎮、日ノ本テレビ叩き上げプロデューサー、倉本孝司。

脚本・放送・構成作家として日ノ本テレビを支え続けた重鎮、赤坂充典。

それに加えて、〝あの大女優〟の姪にして秘蔵っ子と呼ばれる、皆内蘭。

皆内はまだまだ無名だが、残り二人は大物も大物だ。テレビ局もそれだけの予算を投じて、女優の子供というサラブレッドを用意した。そこに、予想外の飛び込みがあり、想定外の結果を出し、スタッフは慌てて上役に連絡。それを聞きつけた倉本Pと赤坂先生が、なるほど面白そうだと、年齢を感じさせないフットワークで飛んできた。

俺としても、二人に見て貰うのであれば、今後、このドラマを任された監督としてやりやすい。期待の新星、平賀大祐などと持て囃されるのは、たまたま作品がヒットした物珍しさだけだ。俺に予算をかけてくれているうちに、大物から盗める全てを盗んでおきたい。

「いやぁ、倉本さん、さっきの演技は中々でしたねぇ」

「はっはっは、そうですなぁ、赤坂先生。これはアレを思い出しますよ」

「倉本さんがおっしゃるとなれば、あの方ですねぇ？」

「そうとも、そうとも。皆内くんもわかるだろう？」

「ええっと――叔母の、霧谷桜架のことでしょうか?」

「桜架くんか。いや、彼女も素晴らしい。でも、もう一人、いたんだよ」

倉本Pは、いつも分厚いサングラスをしているから、表情が読めない。けれど隣の赤坂先生は、皺だらけの目元を少しだけ眇めて、どこか懐かしむような顔をしていた。

首を傾げる皆内に、倉本Pは笑い声をあげる。いつもの、彼特有の人好きのする声だ。その声を、倉本Pは、今度は調子よく俺に向けた。

「――なぁ、平賀監督」

「はい?」

「嫌味な役や嫌われそうな役をやらなければならないとき、ひとはどんな演技をすると思う?」

倉本Pはそう、どこか期待を込めた声でオレに問うた。

「嫌々やる、拙い演技でしょうか?」

「そういうこともあるだろう。だがね、大半は、真面目にやりながらも、そこに魂が込められていないのさ。なぁ、赤坂先生」

「ええ、そうですね、そんなこともありましたねぇ。悪役というのはいつだって、放映後に嫌な印象が残りますからねぇ」

言われて、不意に、さっきまでの様子を思い出す。話し声を遠くから聞いていたら、悪役はイヤだと聞こえてきた。例のあの子が立候補したようだけれど、本当に大丈夫なのだろうか?

嫌な役をやらせてみる。それは奇しくも、俺が思いついたことと同じだ。嫌々臨むのか、真摯に取り組むのか。子供だからと侮らず、大事な、その部分を見たくて提案したテストだ。

「ですがね、平賀監督。私の知るあのひとは、まだ無名の頃、一番嫌がられる役に立候補して、こういったのさ」

「ああ、それ、僕も覚えてますよ、倉本さん！　確か、そう――」

『こんな面白い役、やらないなんてもったいない！』

倉本Pと赤坂先生の声が重なった。

なんだ、それは。嫌がられる役ということは、悪役や嫌われ者の役だ。それを無名時代に、堂々と言い放つなんて、どれだけ度胸のある人物だったんだ。どれだけ――役者という生き様に、惚れ込んだ人間だったんだ。

心の内が疼く。そんな人間と、そんな役者と、肩を並べて仕事がしてみたい、と、魂が震えるようだった。

「彼女からすれば、僕たちは新人も良いところでしたねぇ」

「当たり前ですよ、先生。あの頃、私はまだ制作会社のAD。先生だって〝先生〟見習いみたいなものだったじゃありませんか」

「あははは。懐かしいですね。でも、まさか、あんなに早く旅立ってしまうなんて」

「え？　あの、まさか」

皆内が目を瞠り、二人の言葉に反応する。早くに亡くなられ、嫌がる役を率先してこなし、誰よりも死を悼まれながらも、きっと死後も楽しくやっているだろうと言われた人物。

思い出すのも恐ろしい。父に連れていかれた映画館で、初めて〝彼女〟が出演する映画を見たとき、父と二人で眠れぬ夜を過ごしたあの恐怖。

「そういえば、同じ名前ですね、倉本さん」

「ははは。状況もよく似ています。返り咲いたのかも知れませんねぇ、赤坂先生」

「やめてください。妻ももう年です。抱き枕にされるのは辛いことでしょう」

「おっと、私も寒気が。娘に慰めて貰うことにしましょう。怒られるでしょうが」

その名を告げようとしたところで、お呼びがかかる。話し合いが終わりそうだ。待機していた方が良いだろうと、スタッフが気を利かせてくれたのだ。

「では、自分は、あちらに」

「ええ。私たちは皆内くんと、ここで見ていますよ」

「要介護者二人ですからねぇ」

「……お二人とも、まだまだお若いでしょうに、もう」

皆内はその場に残して、子供たちの方へ歩いていく。

思えば、さきほどの演技も凄かった。視線、表情、動作、仕草。その全てで、まるでその場をコントロールしているかのようだった。

その子が今度は、悪役をやる？　あの、天使のようにいじらしい演技をしていたあの子が？　さすがに、厳しいだろう。そう思う反面、重鎮たちの言葉がリフレインする。

『こんな面白い役、やらないなんてもったいない！』

彼女にとって、この演技は面白い役なのだろうか。それとも？
俺を探す視線を拾う。この澄んだ水面のような瞳が、どんな〝悪〟を映し出すのか。そう考えると、興奮で目が覚めるようだった。

「――お、できたか？」
「はい」
「よし。じゃあ全員、準備だ！　張り切っていこう！」

定位置につく。どうも朝代珠里阿は、途中から入る形のようだ。未完成のセットを急遽持ってきたから廊下がない。セットの陰から、声を聞きつけて飛び入りするような形になると聞かされた。

掃除のあとのように、机の上に椅子が上げられ、教室の床を広く浮き出している。空星つぐみと夜旗凛が並んで立ち、夕顔美海はその正面に立っていた。台詞や指針の確認だけして、準備はできたようだ。

「さぁ、目に物見せてくれよ。シーン――」

固唾(かたず)を呑(の)む。

鼓動が聞こえる。

カメラが回り、マイクが構えられ、照明が淡く瞬いた。

「――アクション!!」

かけ声と同時に封が切られる。さて、どんな演技を見せてくれるのか。そう見守る俺たちの前で、最初に動いたのは、つぐみだった。彼女は、朗らかな、まるで妖精のような愛らしい笑顔を浮かべている。

「やっぱりそうだよな、あんな良い子が悪役なんてできるはずがない」

小声で、年若いスタッフがそう呟(つぶや)いた。俺もその意見には頷(うなず)ける。だが、これからどんな演技をするかで評価は分かれるだろう。なにせ、凛もまた悪役だ。彼女が主導するのかもしれない。

「ね、このブローチ、ちょうだい?」

可愛らしいおねだりだ。でも、少し違和感を覚える。空気が、雰囲気が、変わる、ような。

「い、いや」

「なんで?」

「だいじなものだから、あげられないよ、つぐみちゃん」

そうだ。他人の大事なものが欲しいなら、何故、そんな無垢な笑顔を浮かべられる? 俺たちは、なにを見せられているんだ?

戸惑う観客をよそに、ギアが上がる。まるで突然スイッチが切り替わったかのように——空星つぐみから、表情が、抜け落ちた。

「わからないかな。わたしは、ほしいっていったんだよ?」

「え? ——きゃあっ」

つぐみは、言うや否や、美海を突き飛ばす。思わず尻餅をつく美海の頬に両手を当てて、つぐみは囁くように、言い聞かせるように、美海の耳元に唇を寄せた。

「いい? あなたは虫。ふみつぶされるだけの虫なの。わたしの言うことを聞いていれば甘いミツをあげるといっているのに、どうしていやがるの? ぜんぶぜんぶ、あなたのぜんぶ、わたしにちょうだい？　――うん、っていえば、ふみつぶさないであげるから」

「ひっ」

――ああ、彼女にとって、本当に夕顔美海は少女ではなく虫なのだ。冷徹な目、冷え切った声。頬に突き立てられた指は、美海を食い破ろうとしているのではないか？　そうとすら、思わせる。

では、もうひとりの悪役は、どうしている？　見れば彼女は、夜旗凛は、必死に目を逸らしていた。苦痛に怯える級友を助けない。なるほど、それもまた、ひとつの悪だ。

「みみ!?　つぐみ、みみになにやってんだ！　いやがってるだろ！」

「ん？　虫退治。じゅりあちゃんもやる？」

「やるわけないだろ！　みみをはなせ！」

珠里阿はそう、美海とつぐみの間に割って入る。それから凛をどこか複雑そうに見てから、憤怒の目で、つぐみを見た。つぐみのことは嫌いだけれど、凛のことはそうでもない？

「ふぅん。ねぇ、みみちゃん」

「っ」

ここで、初めてつぐみは美海の名を呼んだ。顔には微笑み。けれどもう、瞳の奥が冷たく凍り付いていることを、周囲は気がついてしまっている。

「じゅりあちゃんを叩いて。そうしたら、虫はじゅりあちゃんにしてあげる。あなたはオトモダチになるの。ふみつぶされたくは、ないのでしょう?」

なんて。

なんて無邪気で、残酷な。友達を売れば助けてやると、もう虐めないと、そう言っているんだ。

「ね? みみちゃ――」

「(いや、いやだって、いわなきゃ)……イヤっ!!」

「――へぇ。そ。虫でいいんだ」

美海の拒絶に、表情がまた、抜け落ちる。冷たい目だ。彼女の中ではとっくに、朝代珠里阿だって〝虫〟であろうに。

「おまえがなにを言ったって、あたしがみみを守るからな！」

「すきにすれば？　しらけちゃった。——いこ、りんちゃん」

「ぁ——……うん」


背を向ける珠里阿と美海。同じように背を向けるつぐみ。凛は珠里阿と美海になにかを告げようとして、けれど、首を振り、下唇を噛み、珠里阿たちに背を向ける。いじめっ子の相方。

彼女がただ一人信頼する人物として、親愛に応えるように。

けれど、その表情と態度からは、本当は珠里阿たちと仲良くしたいという、彼女の心の叫びが、空しく響いているようでさえあった。

「これが、演技テスト……？　だって、これ」

また、ざわめきで我に返る。ああ、スタッフの言いたいこともわかる。だってこれは、こんなものは、演技テストの枠ではない。

「あまりにも、ドラマだ」

カットの手が震える。こうも終わらせたくない場があったことを、俺はこれまで知らなかった。ああ、それでも、今日からテレビの歴史が塗り替えられると思うと、興奮が冷めない。

「——カァァット!!　……今日この日に立ち会えたことを、俺は幸運に思う」

これが役を選抜するオーディションであるということも忘れて、俺はそう呟（つぶや）く。だが、当然のように、それを指摘するものはいなかった。

Ending

車内（夕）
つぐみと両親の語らい。

——夕暮れの車内。リムジンのソファーに、茜色が差し込む。子供の身体（からだ）というのはやはり、活動時間に限界があるのか、それとも久々の演技で疲れてしまったのだろうか。うとうとと瞼（まぶた）を擦（こす）っていたら、自然と、母の膝に導かれていた。

隣には父がいて、私の頭を柔らかく撫（な）でてくれる。優しい両親、という存在を知らない私（桐王鶫）にとって、私（空星つぐみ）の両親は、あまりにも完璧すぎて未知であった。それでも、その心地よさに身を委ねていると、渇望していた心が潤っていくような、不可思議で面はゆい気持ちに覆われる。

「よく頑張ったわね、つぐみ」

「友達もたくさんできたそうじゃないか。また明日、ダディとマミィにも、友達のことを聞かせてくれるかい？　ぼくの天使」

「うん……うん、まかせて、ダディ、マミィ」

「ママにも聞かせてくれるの？　ふふ、嬉しいわ」

友達……そう、友達だ。あの演技が終わったあと、なんだかんだで連絡先を交換した。アドレス帳なんてまだ持ってないと言ったら、両親が控えてくれたみたいだ。携帯電話も、今度、買ってくれるらしい。レイン？　とかなんとか言ってたけど、今のメールはそう呼ぶのだろうか。

瞼を閉じれば、彼女たちのことは直ぐに思い出せる。なんというか、桐王鶫が関わってきた人間同様、彼女たちも個性と才能に満ちあふれていたように思える。

鮮やかな赤毛に快活な眼差し、朝代珠里阿。

『おまえはきょうから、ライバルだかんな！』

そう宣言した彼女のことを思い出すと、なんとなく、懐かしい気持ちになった。

私の当時のライバルたちは、今や手も届かない大物なんだろうなぁ。

栗毛に眼鏡のおとなしい少女、夕顔美海。

『わ、わたしもまけないよ！』

意外と好戦的だった彼女は、ふんすと可愛らしく気合いを入れて、そう告げた。

小動物みたいで可愛いけれど、きっとあれ、大型動物みたいになるんだろうなぁ、と、私の直感が告げている。きっとあれは、肉食系だ。

そして、濡れ羽色の髪にクールな眼差し、夜旗凛。

『こんど、あそびにいってもいい？』

『いいよ』

『ほんと？　じゃ、うちにもあそびにきて。たのしみ』

第一印象からもっともかけ離れているのが、彼女だ。凛ちゃんはあまり動かない表情のまま目をきらきらとさせて、私にそう告げた。しかも、私が携帯電話を持っていないと知るやいなや、直ぐさま家の電話番号を渡してくる徹底ぶりだ。

しかし、そんな当たり前にみんな携帯電話を持っているんだね……。あれって子供のうちから持っていて、面白いコトあるんだろうか？　まぁ、容姿のせいでやけに変質者に狙われるとかいう私自身持たされようとしているのだし、芸能人はみんなそうなのかも。

『買ったら、「グレブレ」とかいっしょにやろ。フレンドとうろくして』

『？　もうわたしとりんちゃんはfriendだよね？』

『うん…………つぐみは、それでいいのかも』

ちょっと……こう……ジェネレーションギャップというか、よくわからないことに振り回されそうな気がするけれど。

「くすくす」

「あら、思い出し笑い？　なにを思い出したのかしら？」

「ふふふ、ないしょ」

「あらあら、おませさんねぇ」

前世では成し遂げなかったことを成したい。そう思う気持ちはきっと、走り抜けるまで止められないというのは、自分のことだからわかる。でも、それと同じように、今世はしっかりと親孝行して、めいっぱい楽しんで、精いっぱい生き抜こうと決めている。

もう、道半ばで止まったりなんかしてやらない。それはきっと、今、しっかりと形になった願いであり、切望なのだろう。

（でも、いまは）

ひとまず……もうちょっと、ねむけにたえられそうに――な――

「おやすみ、つぐみ」

――おやすみなさい、だでぃ、まみぃ。

（暗転）
朝代（あさしろ）家（夕）
（照明）
珠里阿（じゅりあ）の母、早月（さつき）が額を押さえ、唇を噛（か）む。

『こんな面白い役、やらないなんてもったいない！』

なによ、それ、わたしはイヤよ、なんで悪役なんて。

『無理に怖がろうとしなくても良いからね？』

わかってる、子供だからって甘く見て。おまえが怖くないから怖がれなかったって事務所に言ってやる。

『うん！　良い演技だったよ。これからもよろしく』

ふんっ。よろしくなんて、勝手なことを言って。

『あなたが鶫（つぐみ）さんと並べているのは、鶫さんのおかげです』

そんなの、そんなの——誰よりもわたしが、私が一番わかってるわよ!!

「おかあさん?」

「っ、珠里阿。ごめんなさい、寝ていたわね」

「ううん。つかれてるの？」

「そんなことはないわ。それより、巧く悪役を回避したわね。偉いわ」

「う、うん」

娘の珠里阿が、私に縋るようについてくる。今は不安もあることだろう。けれど直ぐに私の言いたいことがわかるはずだ。あの小娘の演技は確かに見事だった。だが、それ故に、監督はあの子に悪役をやらせることだろう。

なるほど、今回は上手くいくことだろう。でも、その次は？　その次の次は？　悪役で売れた子供には、悪役のイメージが付きまとう。いつか悪役ばかりに嫌気が差して、自暴自棄に陥るに違いない。

私がそうだったように。

「おかあさん、あしたは？　おやすみ？　あたしのたんじょう――」

「明日は朝から撮影が入っているわ。またネット注文で好きなもの食べなさい。あとは……何か言った？」

「――ううん。なんでもない。わかった」

「そう」

絶対に、絶対に、珠里阿のことは幸せにしてみせる。誰よりも売れっ子で、人気のある女優に育て上げてみせる。シンママじゃできないなんて、誰にも言わせない。

誰からも好かれる女優になるよりも幸せなコトなんて、なにもないんだから。

だから、もう、あなたの影を追うだけの私じゃないわ――桐王（きりおう）、鶫（つぐみ）……ッ！

「わるい子じゃ、おかあさんはしあわせになれない、いい子に、ならなきゃ。だれよりも」

「そしたらきっと、おかあさんは、あたしをみて、くれる………よね」

（暗転）
夕顔（ゆうがお）家（夕）
（照明）
リビングでくつろぐ美海（みみ）の母、夏都（なつ）。
夏都は、娘の様子に戸惑いを見せる。

「おかあさん！　おとうさん！　お、おはなしがあります！」

そう、見たこともないほど大きな声を上げた美海の姿に、私たちは顔を合わせた。いつも引っ込み思案でおとなしくて喋（しゃべ）るのも苦手で、本人の希望でなければ子役なんかやらせなかった私たちの娘が、今日、朝代さんに預けたオーディションで、一回り大きくなって帰ってきた。

私は昼ドラの女王なんて呼ばれているけれど、ようは〝そういう演技〟一点特化の女優だ。華やかな私生活なんて言われているけれど、持ちマンションの最上階で、カメラマンの夫とのんびりしているだけ。平凡な家庭だと思う。

「おいおいどうしたんだ美海。夏都、美海になにが？」

「さぁ？　ねぇねぇ美海ちゃん、お話ってなぁにぃ？」

だから、二世女優なんて看板、背負わなくてもいいと言ったのだけれど、美海はきかなかった。だから思い出作りのつもりで、一回だけ確実に審査を通過できるよう、手を回した。

とてもじゃないけれど、精神的成長が望める状況ではなかったはずだ。

「わ、わた、わたしは——だいじょゆうになります!!!!」

「あらぁ、いいんじゃな——えええええええええっ!!!?!?」

「何を言い出すかと思うぇえええええええええっ！!?!?!??」

あわてふためく私たちに、満足げな美海は応えてくれない。

ただ言い切ったとばかりに鼻息も荒く、きらきらと力強い目を瞬かせていた。

これはなんとしても、朝代さんに詳細を聞かなければ、ならなさそうねぇ。

(暗転)
夜旗(よるはた)家（夕）
(照明)
リビングでくつろぐ凜(りん)の兄・虹(こう)。
いつにない妹の様子に眉を顰(ひそ)める。

コネも運も実力のうち、というのがオレの持論だ。そして、コネと運だけでのし上がってきたヤツは、〝その程度〟っていうのも、オレの持論だ。

「父！　母！　兄！」

鼻息荒く帰ってきた妹は、今まさにその渦中にある。妹の役者としての転換点は、きっと今に違いない。よりによってコネなんかでオーディションに挑んだんだ。

リビングのソファーでくつろいでいる親父と、台所で飯の準備をしていた母が、凜の声で玄関に顔を覗(のぞ)かせる。

「凜！　手洗いうがい！　虹はお皿並べて！」

「うん！」

「はいはい」

世間ではニュースの華と呼ばれているお袋も、月九の貴公子と呼ばれている親父も、家ではただのおばさんとおじさんだ。クール系で通している凛だって、いつあのノーテンキな化けの皮が剝がれるのか、見物だ。

凛は手洗いうがいを済ませると、まずはテレビを見ながらだらだらしていた親父に突撃していった。

「父！　父！　きいてくれ！」

「おー、なんだぁ。うりうり」

「うにゃぁ……じゃなくて！　すごい子とともだちになったんだ!!」

「ほー、そうかそうか。珠里阿ちゃんや美海ちゃんもいたオーディションだろう？」

「そう！」

お袋にどやされる前にさっさと皿を並べて、配膳の準備を手伝う。飯食ったら次のドラマの本読みして、ああそれから、筋トレもしなきゃ。

「その子がしゃべるだけで、せかいが、かわるんだ！」

「ん？　養成所のエースでも引っ張ってきたとか？」

「ううん。きょうがはじめてだって」

「初めてで？」

「そう！」

ルーキーがラッキーなのもよくあることだ。あの生ける伝説、霧谷桜架だって、最初はビギナーズラックだといわれていたくらいだ。この業界ではよくあること。

霧谷桜架になるか、無名で終わるか。ま、子役でラッキーを発動したって、たいしたことないに決まってる。

「まるで、そうなってたとしかおもえない！　兄よりも、うまかったもん!!」

「あ？」

だから、そう、それだけは聞き捨てならない。

この、霧谷桜架の再来と名高い天才役者、夜旗虹が、新人子役より下？

冗談も休み休み言え。

「適当なこと言ってんじゃねーよ。どうせ、陰で練習してたんだよ」

「おい、虹、おまえまたそうやって――」

「ちがうもん！　れんしゅうとか、そんなんじゃない！　ほんとうに〝ほんもの〟だった！」

「はっ、どうだか。だいたいおまえに本物かどうか見る実力あんの？　親父やお袋ならともかく、所詮は凛だって新人だろ？　オレより巧いとか、ある訳ないいじゃん。見る目ある？」

最上至高の中学生。

月九の貴公子が生んだプリンス。

天才。それは、オレにこそ相応しい名だ。そして、それ相応の努力だってしている。誰にも、同年代なんかじゃなくても、大人にも負けない演技だ。

それが、五歳だか六歳だか七歳だかの子供に負ける？ そんなことある訳ない。干支が半周してるんだぞ？

「うぐっ、でも、ひっく、ほんとうに、うぇ、うまかったんだもんっ、うぇぇっ」

「だ、だぁ、悪かった、悪かったから泣くな。ほら、あとで飴やるから！」

「コラァッ！ 虹！ 十三歳にもなってなに妹泣かしてんの!!」

「げぇ、お袋!?」

お袋の鉄拳制裁を脳天で感じながら、オレは、その子役とやらにふつふつと恨みを募らせる。オレより巧い天才子役？ はっ、なんだよそれ、馬鹿馬鹿しい。

でも、そう思う反面、期待もあった。どいつもこいつも、くだらない演技ばっかりしやがる。でももし本当にそいつが、オレ……には及ばずとも、良い演技をするヤツだったら？

「おもしれーじゃん」

「説教が面白いって？ んん？」

「ち、ちがっ」

そのときは――オレと、肩を並べることを許してやってもいいかもしれない。

もっとも、この二発分のげんこつと、皿に増えたシイタケの分だけの報復くらいはさせてもらうけどな！

「まぁったく、虹は顔だけなら中性的な美少年なのに、誰に似たんだか」

「あんただけには言われたくないんじゃない？」

「あれ？　真帆（まほ）さん？　怒ってる？」

「いいえ？」

……あと、オレのたんこぶの上でいちゃいちゃすんな、バカ親父。

（暗転）
古びた洋館（夜）
（照明）
黒髪の女性が一人、安楽椅子に腰掛けている。

都心から遠く離れた郊外に、その場所はあった。深い森の奥、木漏れ日がシャワーのように降り注ぐ、古びた洋館。遠目から見ればお化け屋敷のようでも、近づけば丁寧に手入れされていることがわかる、上品な佇（たたず）まいだ。

細やかに整備されたフローリングは、足音を柔らかく吸収してくれる。うまく歩けばきっと、足音を立てずにすぅっと移動することだってできる。できる、と証明されている。

奥まで歩けば、そこは広々とした暖炉のある部屋だ。いつもの定位置、いつもの角度、いつもの安楽椅子に、美しい女性が腰掛けて本を読んでいた。

だが、不意に響いた黒電話の音に、女性は首を傾げながら席を立つ。今でも昔ながらのこの電話に律儀にかけてくれる相手なんて、彼女には一人しか思い浮かばなかった。

『もしもし』

「あら、蘭ちゃんじゃない」

『お久しぶりです、桜架叔母さん』

年の離れた姉の子は、聞き取りやすい落ち着いた声で彼女――洋館の主、霧谷桜架に音を繋げた。

「あなたから電話をかけてくれるなんて、嬉しいわ。どうかしたの？」

『はい。実は――逸材を、見つけました』

「まぁ」

桜架は口元に手を当てると、上品に驚く。その仕草を見つめられるのは、この古びた洋館と、窓辺であくびをする黒猫だけなのだが。

「貴女が言うのなら、間違いは無いのでしょうね。所属はどちらなの？」

『ローウェルの新設事務所預かりとなるそうです』

「ローウェル？　総合商社の？」

『はい』

ローウェルといえば、色々な事業に進出し、その全てで成功を収める化け物企業だ。桜架の身の回りにも、少なくない数のローウェル製商品がある。

そのようなところと新人から繋がりを求められるということは、それほどの才覚なのか。桜架は自然と、唇を品良く持ち上げた。

「その方、お歳は？」

『五歳です。五歳の、少女です』

「そう――そう、なのね」

五歳。それは、霧谷桜架がデビューした頃の歳だ。様々な思い入れもある。

「良いわ。近いうちに、見せて頂戴」

『はい。承知致しました』

「ふふ、堅いわねぇ。まぁそこが、あなたの良いところなのでしょうけれど」

桜架は通話を終えると、棚の上に飾られた写真立てを手に取る。そこにはまだ彼女が子役であった頃。いいや、今現在も含めてただ一人、彼女の魂を揺さぶった共演者の姿が映っていた。

黒く長い髪で目元を隠し、表情を怪しく歪め、情けなくも怯える己の首に手を這わせる写真は、ワンシーンを切り取ったものだ。天才と呼ばれて囃し立てられた桜架の幼い自尊心を砕き、けれど驕らず、桜架に〝役者〟という生き様を刻みつけた、女性のものだ。

「あなたがいなくなったあと、焼死体の代役はつまらないひとだったわ」

かつての子役時代の芸名を、〝さくら〟としていた彼女は、そう、写真の悪霊を柔らかく撫(な)でる。

「あれからもう二十年。ずっと、待っていたのよ?」

もちろん、本人が帰ってくるなどあり得ない。それは、葬儀で死に装束を纏(まと)う、役者として振る舞うには身綺麗(ぎれい)過ぎる姿を目にした桜架だからこそ、言えることだ。

だが、そうではない。桜架が二十年も待ち続けたのは、再び、彼女に役者の神髄を刻みつけるような、強烈な輝きを抱く人物のことだ。

「また、あなたのような方と並べる日をお待ちしております――鶫(つぐみ)さん」

憂いを込めた響きが、かつての舞台であった洋館に響く。

いつしか虚空に消えるその音は、どこか、優しさと高揚が込められているようだった。

――Let's Move on to the Next Theater――

天才子役『と』
天才子役の出会い!?

Opening

都内・ショッピングモール（昼）
携帯ショップを前に悩むつぐみ。かつてを思い出す。

携帯電話。ずっと据え置きだった電話を手持ちに改良した文明の利器のことを指す。当然ながら私の前世……西暦二〇〇〇年に交通事故で死んだ桐王鶫(きりおうつぐみ)の時代でも、携帯電話というものが存在した。主な機能は電話と、メール。けっこう高価なこともあって、成人して社会人になったら買えるようなものである。

さて、今世の私、つぐみ・空星(そらほし)・ローウェルはそれはそれは裕福で、子供にも携帯電話を買い与えてくれるそうだ。もっとも、子供が持っていても面白いものではないと思うのだけれど、今後役者として生活していくのであれば、連絡を密にするのに越したことはないだろう。

前世はそれはもうひどい両親であったが、今世の両親は間違いなく人格者だ。携帯電話なんていう高価なものを本当にもらっていいのかためらう私に気がついて、友達といっしょなら遠慮しないですむだろうと、この間のオーディションで仲良くなった新人子役、夜旗凛(よるはたりん)ちゃんのおうちにも声をかけてくれたようだ。

凛ちゃんのご両親はお忙しいようで、参加者は凛ちゃん一人だ。小さい子を、と思われるかもしれないが、そこはそれ。私の両親以外にも、遠巻きにして警備っぽい方がおられるのですよ、我が家には……。

「えっ、でも、りんちゃんこれハコだよ。ボタンは??」

「ないよ。かおにんしょーであくから、パスもいらないよ」

「かおにんしょう、ぱす」

すまーとふぉん、というらしい。ようは通信機能がメインの持ち運びパソコンであるらしい。手持ちサイズで。ゲームボ〇イサイズで。画面はタッチパネル。指で動かす。画面を触るのって指紋ついちゃわない？

「つぐみってすごいけど、なんかおばさんくさいね」

「うぐっ……そそそ、そんなことないよ？　しょうじょだよ？」

「まちがいなく、びしょーじょだけど、ばばくさいよね」

「ふみゅぅ……」

「よしよし」

あわあわとお試し品に触れているのを、私の両親は微笑ましく見ていてくれる。この携帯電話には、よく見れば前世でもパソコン用品として一世を風靡していた、狼の横顔のマークが印字されていた。

　これ、どうやら父の会社らしい。もう一度言おう、父の会社らしい。うちってどうなってるんだろうね……？

「これがさいしんきしゅ。わたしも、つぎはこれをねらってる」

「ああ、それなんだけど、夜旗さんにはお話しして、今日のお礼に一台、凛ちゃんにプレゼントするよ」

「えええー！　で、でも、ともだちのことだから、おれいもらうほどじゃ、ないです」

　ああ、良い子だなぁ。この歳なのにちゃんと遠慮ができる。友達への気遣いができる。いいおうちで育ったんだ。ご家族も、とても良識のある方なのだろう。お会いしてみたいな……。

「まぁまぁ。モニターみたいなものだから、使用感を聞かせてくれるかい？」

「モニター……わ、わかりました。ありがとうございますっ」

　父も母も、凛ちゃんにとても優しい目を向けている。自分の親がよその子にも優しいというのも、娘としては嬉しい。前世は、ほら、ね。

「つぐみも、ありがと」

「ううん。りんちゃんこそ。ありがとう」

「？？？　どういたしまして？」

　ああ、かわいい、この子、本当にかわいい。でも年上なんだよね……。凛ちゃんは六歳で私は五歳。早生まれ云々ではなく、学年がちゃんと違う。具体的には、私は来年入学で、凛ちゃんは今春入学だ。

「りんちゃん、色ちがいにする？　あんまり、かわいい色はないのかな」

「ピンクとかシルバーにして、あった色のカバーをかうといいよ」

「けいたいでんわにカバー……シリコンとかの？」

「シリコン？　えっと、こういうの」

見せてくれたのは、すまーとふぉんを覆うケースだった。なるほどなぁ。画面が大きい分、手帳のようにするのか。悪霊が出てきづらいね……。

もうこのあたりは、凛ちゃんとお揃いにする方向でいいかな。おばさん、ちょっと脳みそが疲れてきたよ……。

あれからどうにか初期設定を終え、顔認証とかいうスパイ映画も真っ青な登録も終え、基本的なあぷりけーしょんの入れ方や説明も終え、『グレート・ブレイブ・ファンタジア』というゲームのあぷりも入れ終えて、夕食をレストランで一緒に食べてから、凛ちゃんとはお別れした。もちろん、ご自宅までリムジンで送った。凛ちゃんに似た綺麗なお母様が迎えてくださったのだが、車を見てぽかんとされていた。あれ、びっくりするよね。

お兄ちゃんがいるらしいのだけれど、そちらもお仕事をしているらしい。中学一年生で仕事と言えば、案の定、役者さんだ。凛ちゃんがああだから、きっと優しい子なんだろうな。会ってみたいものだ。

「今日は楽しかったかい？」

「うんっ」

「ふふ、良かったわ。――あら、日ノ本テレビからメールが届いておりますわね」

「案の定、合格通知だ。わかりきったこととはいえ、良かったね、さすがだよ、ぼくの天使」

「ほんとう？　やったー！　ありがとう、ダディ、マミィ」

　両親の端末に、どうやらメールが届いたらしい。オーディションは合格。脚本家の筆が乗ったとかで、今は台本に起こしているらしい。というか、脚本家って赤坂君か。偉くなったねぇ。どうも、私には、ちょっと変わった役をやって欲しいのだとか。それについてと、他の打ち合わせも込みでテレビ局に来て欲しいと書いてあったそうだ。

「自分たちが足を運んで来るべきだろうが、まぁいいさ。行ってあげるかい？　つぐみ」

「もちろん、いくよ！」

「つぐみは優しいわね」

　テレビ局のプロデューサーに来させるとか……いやぁ、さすがにそれはちょっと貴族的すぎないかなぁ、と思わないでもない。うん……うちの両親ならできそうなのがまた。

「そうだ、つぐみ。つぐみはうちで立ち上げた事務所の所属になっているのだけれど、一つ、マネージャーについて提案があるのだけれど、良いかな?」

うちで立ち上げた事務所……???

い、いや、もうそこは気にしないことにしよう。うん。

「ダディ、ていあんって?」

「君も気に入っている使用人がいるだろう?」

「みかどさん!」

「そう、御門春名女史だ」

御門さんは、今は確か五十代。でも、きびきびと動いて下さるし気風も良いし、私も好きだ。なんだったら、記憶が戻る前から好きだった。

「彼女の娘が新卒でね。うちでの訓練……研修も終えている。使用人として配属しようと思っていたが、本人の希望もあってね。つぐみさえ良ければ、彼女をマネージャーとしてつかせようと思っているのだが、どうかな?」

「いいの! うれしい!」

御門さんの娘さんなら、妙なこともないだろう。言い直した訓練というのも気になるけれど……まぁ、お金持ちって色々ありそうだからね。

「では、近日中に彼女の娘と顔合わせをしておこう。ミナコ」

「ええ、手筈は整えてありますわ」

「さすが、ぼくの女神だ」

「あら、まぁ」

……あらやだ、お熱い。と、いけないいけない、思考がおばさんにシフトするところだった。

二人のなれそめとかも、聞いてみたいな。

「そうそうつぐみ、トレーニング施設なんかも整えてあるわよ。海外から信頼の置けるトレーナーをお呼びしているから、活用して頂戴」

「ええ、ほんと⁉」

「もちろん、トレーナーが気に入らなければ言うんだよ」

「う、うん」

お金の力にものを言わせて、あらゆるトレーニング設備をそろえさせたんだろうな。ありがたいけど、何でもかんでも欲しいと言わないようにしよう。

同時に、気に入らなければ、というのはあれかな。自分で言うのも何だけれど、今世の身体(からだ)は銀髪碧眼の北欧妖精系美少女だ。ハーフだから、尖(とが)った外人さん的な顔立ちではなく、日本人的な丸みもある。そのせいで、どこか、アニメ的な美少女っぽさがあるのだ。前の家庭教師みたいにとちくるわれても困るということだろう。

報告はしないとね。多少悪戯されたって今更心に傷は負わないだろうけれど、間接的に両親の心を病ませたいとは思わないからね。

新春ドラマ。

顔合わせ。

……グレブレ。

明日から、忙しくなりそうだ。

都内某所・コンクリートの部屋（朝）
二人の女性が相対する。
狭い部屋に反響する打撃音。

暗闇を切り裂く回し蹴りを屈んで回避する。すかさず足を払おうとするが、飛んで避けられた。間合いをとって距離を稼ぐか？　否。狙撃に対処するのは面倒だ。懐に飛び込んで顎に掌底。躱されるのは想定内だ。そのまま肘を曲げて、肘での打突に切り替えた。

鳩尾を狙った一撃が受け止められる。直ぐさまカウンターが飛んでくるが、突き出された手に頭突きを当てて軌道を変えると、さらに近づいて組み付いた。

「――」

「――」

交差する視線。瞳孔の動きによる行動予測。相手の動きに合わせて足を払い、裾から取り出した隠し短杖を、喉に突きつける。

「成長しましたね、小春」

「いえ。まだ、在りし日の母さまには遠く及びません」

「ふふ、そう、謙遜の方はまだまだね」

老年にさしかかりながらも肌つやを失わない女性、御門春名は、上品に笑いながら小春をからかう。

「さ、あとはお嬢様との顔合わせです。これまで積んだ使用人としての訓練もまた、兼任として尽力していただきますからね」

「ええ、もちろんです」

小春はそう、短杖を手の中で回すと、裾の中へしまう。するとどうだろう。闇よりも黒く重かった短杖が、空気のように収納され、かき消えた。

代々御門家に伝わる暗器収納術。その鮮やかな手並みは、熟練の手管を連想させる。そして重々しく、生真面目に頷いた小春は、明日から顔合わせをする、資料でしか見たことのない少女を思い浮かべた。

（北欧妖精系美少女の護衛兼マネージャーなんて幸運。おい、犬、とか呼ばれたらどうしようかしら。ああ、胸の高鳴りが止まらないわ……）

完璧に制御された顔面筋の下でほくそ笑みながら。

Scene 1

ローウェル邸（昼）

リビングで小春と相対するつぐみ。
緊張した眼差しを小春に向ける。

凛ちゃんとすまーとふぉんを購入した翌日、私は屋敷のリビングで、これからお世話になる女性と対面していた。銀縁眼鏡に纏めた黒髪。怜悧な表情と、こちらを気遣う視線。クールビューティーという言葉がとても似合いそうな彼女が、今日から私のマネージャー兼使用人として、身の回りのお世話から仕事のサポートまでしてくれる方、御門小春さんだ。

小春さんは子供相手とは思えないほど丁寧に頭を下げてから、連絡先のやりとりをさせていただいた。如何にもお仕事ができるような感じで、とても頼もしい。

「では、小春君、ぼくのつぐみを頼んだよ。よく、つぐみの言うことを聞くように」

「ダディ？　わたし、こどもだよ？　きかせられるほうだよ？」

「はっ、お任せください。つぐみさまが死ねと命じるのであれば、速やかに」

「えっ、いわないからね？　いわないよ？」

まぁ、でも、うん、意外とお茶目なところもあるのかも。

「テレビ局へは、普段のお車ではなく、今後も利用していく社用車での移動となります。ご不便かとは思いますが、改善点などあれば遠慮無く仰ってください。随時、恙なく改良に取りかからせていただきます」

「わかりました」

改良点て……。車を？　とんでもないお金かかっちゃうよ。

玄関ホールを出ると直ぐに、噴水前のロータリーに駐車された車を見つける。扉の前で佇むのは、黒髪を撫で着けた壮年の紳士だ。親子三代で当家に仕えてくれている運転手さんで、眞壁さんという。あの、最初にオーディション会場に出向いたときの運転手さんの、息子さんだ。

車は、さすがにリムジンではないようで少し安心する。あれ、すっごく目立つからね。平凡な箱形フォルムの黒い乗用車らしく、やはり、新人も良いところなので父と母も遠慮してくれたのだろうか？　そう思って近づいて、タイヤの軸に刻印された鳳凰のマークに硬直した。

（センチュリーだこれ……）

日本の高級車の代名詞である。後部座席向けにテレビ画面が取り付けられていて、室内（もは車内というレベルではない）は過ごしやすさと高品質が追求されている。センチュリーに乗った政治家を呪い殺す役をやったことがあるから知ってるけど、これ、前の助手席のシートがはずせて脚を伸ばせるように穴が空くんだよね……。

ただ、私の硬直をどう捉えたのか考えるまでもない。小春さんは私のコトをどこか心配そうに覗き込んだ。

「やはり、狭かったでしょうか？」

「ううん！　とってもステキだなっておもってました！」

「そうですか？　そうでしたのなら、良かったです」

危なかった。いやだって、リムジンよりはいいよ、やっぱり。目立つのなら演技の実力で目立ちたいのです、私は。

ゆくゆくは、歩み寄るだけで悲鳴を上げられるホラー女優だしね！　ついつい、出会う度に悪霊演技で怖がらせてしまったさくらちゃんには、申し訳ないことをしたけれど。いやだって、あの子、怖がるけどすごく嬉しそうにしてくれるから……。

「音楽はなにをかけましょうか？」

「さいきんの、オススメでおねがいします」

音楽、音楽かぁ。最近の音楽はよくわからない。というか、よく音楽を聴いていた九〇年代は、仲間うちでは演歌の話題は聞かなくなり、世間ではポップスが席巻しはじめてきたころだった。ディスコにお立ち台なんかもとても流行(はや)った記憶がある。殺されたボディコンギャルがヒモに復讐にいくお話とかもやったなぁ。

音楽なんて二十年もあればがらりと変わる。私の生きた時代の二十年前はどこへ行っても演歌だったのに、私の旅立つ間際には、ほとんど演歌は売れなくなっていたりとか。そうすると、今はなにが流行っているのだろう。一周回ってJAZZだったりして。

「若い子に人気な音楽といえば、やはりボカロでしょうか」

「ぼかろ……？」

「ボーカルロボットというYAMANAが出している音楽打ち込みソフトで精製された、打ち込み音声による音楽です」

「ろ、ろぼっと？　うちこみ？？？」

お、おかしい。二十年でこんなに変わるものだっけ？　だって、人間ではなくロボットが踊るんでしょう？　SFの世界が、こんなに間近にあるんだ……。も、もしかして、AIロボットがお店の受付をしていたりとか……って、それはないか。打ち込みって言ってたしね、小春さん。人間が打ち込んでロボットが唄うってところかな。

うん、でも、もっとちゃんと現代知識について勉強しておいた方が良いのも間違いないよね。子供のうちに記憶が戻る感じで良かった。

「流行の曲を流しますね」

「はい、おねがいします。こはるさん」

「お任せください」

小春さんの真面目な返しに苦笑しながら、小春さんセレクションの音楽を楽しんでみる。POPな曲調、大正ロマン、JAZZあるいはJAZZYな、バラード。なるほど、一個買えばこんなに色々できるのかなぁ。

「こはるさん、このうちこみソフト？　って、いくらくらいなんですか？」

「二〜三万もあれば購入可能かと思われますが……購入なさいますか？」

「だっ！　……だいじょうぶです。きになっただけですので……あ、あははは」

「？　承知致しました。ですが、欲しければどうぞ、遠慮なさらず」

「は、はひ」

二〇〇〇年に三十で死んだ私だが、十四でこの業界に足を踏み入れ、日の目を見始める二十手前までは、アルバイトをして稼いでいた。融通がきくかわりに、最低賃金ギリギリという喫茶店だ。

その当時の私のバイト代が時給五百円ちょっと下。すきま風に悩まされた四畳半のアパートが、トイレ共同風呂無しで家賃一万円。光熱費や役者の勉強のための資金と将来のための貯金を抜くと、手元には五千円残れば良い方だった。それで一か月過ごすのだ。つまり、給料半年分の音楽ソフト。別にその道に進むわけでもないのに、そんなの気軽に買えないよ……。

「到着致します。止まりますよ」

「はい」

小春さんは律儀にそう声をかけてくれるが、急ブレーキという訳でもないので揺れを感じることなく立ち上がることができた。運転手の腕とか安全運転とか以上に、車の性能良くなったよね……。

眞壁さんがドアを開けてくれたので、小春さんと二人で何事もなく指定された場所へ向かう。どうも、局内の会議室が約束の場所のようだ。

それにしても……。

(なんだか、踏まれそうで不安だな)

子供の視線から見ると、なにもかも大きく見える。昔とはテレビ局の位置も内装も違うからなんともいえないけれど、以前はもっと熱気が籠もるほど狭く思えたものだ。それが今や、なにもかも大きくだだっぴろい。ガリバーにでもなった気分だ。

そうしてきょろきょろと見回していると、不意に、貼られているポスターが気になった。内容はサスペンスだろうか？　大きく貼られたポスターに、白衣姿の女性と制服警官の男性。それから、色んな役者さんの名前と煽り文。構図とか面白いなとも思うけれど、どうしても、主演の女性から目が離れなかった。さらりと流れる黒髪に、穏やかな目つき。優しさと苛烈さを併せ持つ、強い瞳。

「きりたに、おうか……？」

霧谷桜架（きりたにおうか）。

どこか――遠くて近い過去の〝だれか〟の、面影を残す女性。

「つぐみ様？」

「ぁ……ごめんなさい、こはるさん。いきましょう」

慌てて小春（こはる）さんのあとにつく。首を傾（かし）げる小春さんに、なんでもないと返して、私は先ほどのポスターのことを、頭の隅に追いやった。

会議室は長机の置かれた広々とした部屋で、中には既に子役の、他のみんなが集まっていた。集合時間までまだ三十分はあるのに、みんな早いな。私が一番新人なのだし、もう少し早く行けば良かった。

赤毛の元気な少女、朝代珠里阿（あさしろじゅりあ）ちゃん。茶髪を二つ結びにした眼鏡（めがね）の少女、夕顔美海（ゆうがおみみ）ちゃん。そして、朝までレインとかいうメッセージツールでやりとりをしていた黒髪の少女、夜旗凛（よるはたりん）ちゃん。それぞれ、スーツ姿の女性を傍に置いている。おそらくマネージャーなのだろう。

「つぐみ、こっち」

「あ、つぐみだ。あくやくやってくれるんでしょ？　こっちこっち」

「も、もう、だめだよ、じゅりあちゃん。おはよう、つぐみちゃん」

「うん、おはよう」

一見するとクールな凛ちゃんから続き、もてなすように迎え入れてくれる珠里阿ちゃんと美海ちゃん。小春さんに目配せをしてから子供たちの輪に入ると、小春さんは目礼を返してから、名刺を取り出してマネージャー同士の挨拶に行った。

「マネージャーの御門小春です。皆様、本日はよろしくお願い致します」

「これはこれはご丁寧に。私は――」

そんな小春さんを尻目に、私は私で交流を図る。席はまぁ、凛ちゃんに手を引かれて彼女の隣になったのだけれど。

凛ちゃんは相変わらず楽しそうだ。この子が一番、子供として真っ当に楽しんでいる気がする。でもごめん、『グレブレ』はまだ進んでいないんだ。私、ファミコンもマトモに遊んだことなかったから、こういったゲームはちょっと馴染みがないんだ。

「じゅりあちゃんは、ゲームとかするの？」

「うん。おかあさん、あんまりかえってこないから。『霊』とか『SULLEN』とか、あとは……やっぱり『バイオパンデミック』とか」

「うう、じゅりあちゃんのゲーム、こわくていっしょにできないよ」

「みみはこわがりすぎなんだよ！」

怖いゲーム……怖いゲームが好きなの？　私も神話系のホラーＴＲＰＧならやったことが

あるけれど、そういうのとは違うのかなぁ。そういえばさくらちゃんも、そんなようなことを言っていた気がする。向こうはTRPGを知らなくて、私が進行役をやって泣かせたのは申し訳ない思い出だ。

あれ、こうして思い返すと私、さくらちゃんに嫌われていてもおかしくなくない？　まぁ、結局は喜んでくれていたと信じているけれど。けど、うーん。

「つぐみは、ぜんぜんゲームしないよ」

「り、りんちゃん、コミュりょくつよいよね。もうそんなになかよくなったんだ」

「？　うん」

「ふぅん。じゃ、こんどうちにきて、きょーりょくプレイしよう！」

「いいの？　ありがとう！　じゅりあちゃん」

「あわわわ、や、やめておいたほうが」

「じゃ、わたしもいく。みみもいくよね？」

「えぇっ」

なんだか、思っていたよりも仲良くなれそうで安心した。ホラーゲームとなると、演技の経験値を上げることにもなりそうだ。昔は全部想像で補うしかなかったから、足が折れて引き摺(ず)る幽霊役のときに解剖生理学の勉強をせねばならなかった。「自分で考えろ」ってタイプの演出家さんも多かったしね。けれど、今は図書館に入り浸らなくても、教材に溢(あふ)れていそうで助かる。

「すいません、お待たせしました」

　談笑していると、オーディションの日に見た若いスタッフが扉を開けて入室した。そのあとに続くのは、平賀監督と、それから、プロデューサーらしき人。というかあれ、倉本君？　年取ったなぁ……。え、じゃあ脚本の赤坂君って隣の？　そっか、二十年も経ってるんだもんね。

　……前世に身寄りがなかったことは、不幸中の幸いだったのかも知れない。

「どうも初めまして。私が今回のドラマのプロデューサー、倉本孝司といいます。現場のことは平賀監督に任せてどっかりと構えているだけなので、気軽に接してくださいな。はっはっはっ」

　倉本君は黒いサングラスの下で人好きのする笑顔を浮かべ、安心させるようにそう、告げた。陽気な態度は子供たちへの対応としてはばっちりだったようで、美海ちゃんなどはあからさまに肩の力を抜いている。

「僕は脚本家の赤坂充典です。台詞回しや意味なんかも、わからないことがあったら聞いてくださいね」

　懐かしいな。昭和六十年代、十代半ばの私は小さな制作会社と深夜ドラマの撮影をしたことがある。そのときにかけずり回って仕事して、大人顔負けの情熱を身体全体に宿していた少年が、当時十八歳の倉本孝司君だった。大学に通いながらテレビの勉強もしていた彼と私は当時同い年であったこともあって、どことなく親近感を覚えたものだ。

当時はアシスタントディレクターで、彼の傍には脚本家志望の少年がいつも一緒にいた。深夜ドラマで悪霊の演技が開花していった私を、はじめて、本物の悪霊だと間違えて気絶したのが彼——赤坂君だった。あとから謝って、当時の私には大金だったチャーシューメンのチャーハンセットを奢る羽目になったのを、よく覚えている。

（なつかしいなぁ）

あの頃には、もう戻れない。死者を演じてきたからこそ、その不条理は思いの外、身近なものだった。

「——最後に。俺が監督の平賀大祐だ。今日からはみんなを身内だと思ってビシバシ行くから、よろしく頼むぞ」

そう、平賀監督はオーディションのときよりも砕けた態度で、そう告げた。

「まず、赤坂先生から今回のドラマの筋書きと配役について話していただこうと思う。先生、お願いします」

「はい」

赤坂君は人好きのする笑顔で、会議室のホワイトボードの前に立った。

「まだ仮ですが、今回のドラマはイジメとミステリーにスポットを当てたものです。主人公は女優の相川瑞穂さんの演じる新人教師〝水城沙那〟。副担任として赴任した彼女を支える担任教師に、俳優の月城東吾さん演じる〝黒瀬公彦〟が大人のグループの中心です。君たちにはそんな彼らの担当するクラスの、クラスメートとして出演していただきます」

なるほど。イジメがスポットされるのなら、私たちの役目もまた中心的なものになる。当事者が子供。解決に乗り出すのは大人、かな。

「まず、正義感が強いクラスのリーダー、夏川明里役に朝代珠里阿さん」

「はい！　やった、いい子のやくだ……」

「次に、心優しいおとなしい少女だが、なにかと押しつけられるいじめられっ子、春風美奈帆役に夕顔美海さん」

「は、はい。がんばります！」

赤坂君はホワイトボードに関係図を書きながら、わかりやすく説明をしてくれる。というかこの関係の根本ってもしかして、私がオーディションでやった即興劇だろうか？

琴線に触れてくれたのであれば役者冥利に尽きるというものだが、どうせなら私は悪霊がやりたい。いや、新人から仕事を選ぶなんて言語道断だが。

「続いて、クラスの中では悪のリーダー。ハーフの少女で、クラスを陰から掌握する今回のテーマのキーパーソン、柊リリィ役を空星つぐみさんにお願いします」

「はい。せいいっぱいがんばります」

「うん。ありがとう。そのリリィが唯一気を許す友人、秋生楓役に、夜旗凛さん、よろしくお願いします」

「はい」

「秋生楓には、梓という高校生のお姉さんがいます。梓役には皆さんがオーディションのときにご一緒なさった皆内蘭さんを起用しておりますので、よろしくお願いしますね」

「はい、わかりました」

凛ちゃんはそう応えたあと、私の耳元で「しってるひとでよかった」と囁いた。凛ちゃん、友達をつくるのが上手だから、そこまで気にする必要は無いと思うのだけれどね。

「そして。演者の皆さんにもギリギリまで正体をお伝えしない謎の少女がいます。イジメや学内外で起こる様々な事件や問題にヒントをくれる少女です。彼女を、空星つぐみさん、あなたにやっていただきたい」

「！　ひとりふたやく、ですか？」

二役を別人のようにこなす。演技を行う上で、二人の人間を同じ舞台で切り替えるのは難しい。新人の、それも子役に与える仕事としてはけっこうな難易度だ。

「それは、負担ではありませんか？」

そう告げたのは、小春さんだ。小春さんは私の負担を考えて、控えめに手を挙げながらそう聞いてくれた。

「もちろん、相応の負担はありますでしょう。ですからもし、空星さんが辞退――」

辞退？

役を降りる？

脳裏に蘇るのは、いつかの会議室。誰を演じる演じないでもめる共演者を押しのけて、私は一人運命の火蓋に指をかけた。あの瞬間の、心に炎が灯る刹那の激情を、忘れたことはない。桐王鶫は、与えられた仕事を断らない。なら、空星つぐみは？　答えなんか、一つしかなかった。

「やります」

「――つぐみ様、よろしいのですか？」

「はい。だって」

そう、降りるなんて、そんなことはあり得ない。

「そんなおもしろそうな役、やらないなんてもったいないです」

こんな挑戦、受けなければ女優の魂が腐れ落ちるというものだ。

そう心のままに告げると、何故か、赤坂君たちはぴたりと動きを止めて、目を見開いていた。

「――み、さん？」

「は、はは、気絶はもうごめんですよ」

「っ」

ええっと、どうすれば良いんだろう？

訳もわからず、ただ、返事を待つ。奇妙な空気は肌に痛く、私は、首を傾げたまま座っていることしかできなかった。

Scene 2

日ノ本テレビ・会議室（昼）
顔合わせを行うつぐみ。
つぐみは台本に目を通す。

――春から私立四季大付属小学校に赴任することになった新任教師、水城沙那は、赴任初日から広大な敷地の中で道に迷ってしまう。そんな、彷徨う水城に声をかけてくれたのは、すっぽりとフードをかぶった子供の姿だった。子供は、少女とも少年ともとれる幼い声で、水城を案内する。不思議な雰囲気の子供に惹かれる水城だったが、不意に、子供の声で我に返った。

「気をつけてね、おねーさん。ここからさきは、魔もののすみかだ」

吹き荒れる風に思わず目を瞑る水城は、詳しく尋ねようとした自分を止めることになる。何故なら、目を開けた先に、子供などいなかったのだから。

「なるほど」

顔合わせと役の振り分けを終えたあとは、台本読みやリハーサルといった撮影スケジュールの通達。通常、撮影は場合によっては最終回だって舞台やキャストの都合上最初に撮影したりするのだけれど、今回のドラマはキャスト（子役）のリアルの感情を大事にしたいとかで、ある程度先のシーンまでしか撮らないのだとか。

子役に限定したのは単純に、展開を言わないのは子役相手にだけで、大人のキャストには通常の台本を配っているらしい。まぁ、子供だしね……私たち。

（謎の子供として演技はするけれど、これ、ぜったい同じ人物だよね。二重人格かな？　でも、完全な別人として演技してほしいから、秘密なんだ）

違ったら違ったで面白いけれど、謎の子供、役者名〝リーリヤ〟は、悪役である〝柊リリィ〟とは同じ場面に登場しない。それを踏まえて考えると、想像も付く。

となると私の役目は、〝実は悪霊だけど善良の一般人を装う〟系のホラー映画で見る、視聴者に完全に別人だと思わせるような演技、かな。

「つぐみ様、楽しそうですね？」

「こはるさん……はい！」

午前中に会議。昼休憩を挟んで午後には他のキャストさんとの顔合わせだ。今の時代に活躍している俳優さんを一人も知らないのだけれど、大丈夫だろうか。子供だし、大丈夫か。

……そういや、霧谷桜架という女性は出演者にはいないようだった。残念。

「お弁当が手配済みです。車で召し上がりますか？」

「しゃしょくでいいですよ？」

「！　いえ、そうですね。承知致しました」

マネージャーとの打ち合わせがあるとかで、凛ちゃんとご一緒できなかったのは少しだけ残念だったが、その分、小春さんと親交を深めよう。

小春さんとの食事もありがたい。ありがたいけれど、高級車の車内で食事とか、気が気でないので無理です。

「『こちらLowolf-04。社員食堂に席を確保』」

「こはるさん、せきがなかったらあきらめましょう？」

「『作戦中止』――承知致しました。でも、よろしいので？」

「はい。かいだんのうらとかでじゅうぶんです！」

「なんと……感服致しました。では、そのように」

いきなり所属不明の方々が確保し始めた席に座ったら、文字どおりの悪目立ちだよ、小春さん……。やっぱりちょっと、この辺の感覚はずれてるなぁ。

関係者と思われる黒服の方からお弁当を受け取って社食にいくと、案の定埋まっていた。そこで、搬送のスタッフさんたちがたまに休憩を取っているという空き部屋を紹介してもらったので、そこでお弁当を食べる。

「火埜寿司の手鞠弁当です」

「わー……てまりずしだぁ」

お弁当にこんな可愛らしくて高級感のあるもの食べるの、初めてだよ、私。

でもせっかくなので昼食を楽しみながら、小春さんに色々と話を聞いてみた。趣味は散歩とバードウォッチング。好きな食べ物はお寿司で、苦手な食べ物はアボカド。些細なことでも、情報が増えれば人となりが見える。その全てが、経験の積み重ねになる。

「ですから、バードウォッチングの際には、小鳥たちに気がつかれない服装と空気が重要なのです」

「なるほどー」

なんて、小春さんのお話に相づちを打っていると、気がつけば良い時間になっていたので移動する。

小春さんってけっこう堅い方だと思っていたのだけれど、話してみればそんなことはないと気がつかされた。職務にはとても真面目で、けれど、私生活の自分も大切にしているのだろう。

「この部屋ですね」

「しつれいします」

小春（こはる）さんよりも先に入って一礼をすると、部屋には数人の男女が集まっていた。人数としてはまばらで、まだ集まりきっていないことがわかる。

その中の一人、茶色の髪に桃色の唇が目を惹（ひ）く女性が、私を見てぱっと微笑（ほほえ）む。大人っぽい顔立ちだけど、そうして笑うと少女のようにも見える。

「あなたが噂（うわさ）の妖精ちゃんね？　聞いていたよりかわいい！」

「えっと、ありがとうございます。そらほしつぐみです」

「うんうん。あ、私は相川瑞穂（あいかわみずほ）。新人教師の水城沙那（みずきさな）役よ。よろしくね」

「はい、よろしくおねがいします！」

「元気が良いわねぇ。良いコトよ。うんうん」

そう、相川さんは人好きのする笑顔で私の頭を撫（な）でた。なんだろう、こう、凛（りん）ちゃんと同じ空気を感じるよ……。

「相川さん、その子、困ってるんじゃないか？」

「そんなことないわよ。ねー？」

「はい。やさしくなでてもらいました！」

そう、奥から出てきた男性に返答する。こちらは目つきの鋭い黒髪の男性だ。整った顔立ちと鋭い三白眼（さんぱくがん）は、美丈夫（びじょうふ）ながら少し怖さを伝える。演技のときはそれはもう迫力のある役ができるのだろうけれど、今は精々が近所のお兄さんという雰囲気。柔らかい空気を纏う方だ。

「僕は月城東吾。劇中では黒瀬公彦という教師で君たちと演技をすることになる。よろしくね」

「はい!」

新人は元気よく。新人時代の教訓が、自然と身体を動かした。

しかし、これでメインキャストの二人とご挨拶できたのは僥倖かな。うん? 今の子供は〝僥倖〟とか使わないか? まぁいいや。どうせ〝ばばくさい〟ようですし。

どうも前のスケジュールの関係で二人が特別早かったというようで、それから、珠里阿ちゃんや美海ちゃん、凛ちゃん。それに皆内さん。校長役に名優、柿沼宗像さん。教員役の浅田芙蓉さんなど、多くの役者さんがいる。

……他の方は初対面だが、柿沼さんは前世から先輩だ。緊張するなぁ。

「よ、よろしくおねがいします!」

「はっはっはっ、元気があっていいね。緊張しなくても、とって食べたりはしないから大丈夫だよ」

「はいっ」

思わず声がうわずってしまった。いやでも、前世に比べて丸くなった気がするなぁ。まぁ、私があの事故で死んだのが三十。当時の柿沼さんが三十六。苛烈な時期だったのだろう。懐かしい。

『君のやり方には同意できないな。スタントに任せるのが最善ではないか？』
『お言葉ですが柿沼さん。私以上に恐怖を与えられるスタントはおりません』
『ほう？　まるで演出家を信用していないかの発言だ。分を弁えてはどうだ？』
『演じさせて貰えばわかります。ご自身の目で確認なさってください』
『そこまでいうのならば、この場の全員を納得させろ。できるのなら、な』

……思い返すと、けっこう私も嚙みついているな。いやでも、これは役者の場だけで、プライベートではご飯を奢って貰ったり、朝まではしご酒したり、潰れるまで飲んだりとけっこう良くしていただいていた。

面倒見が良く、けれど現場では誰よりも苛烈で真っ当で、真剣だった。丸くなったと言えば聞こえが良いが、あの頃の柿沼さんを見られないのは、少し寂しいな。

「みなさん、お集まりですね」

そう、入室してきたのは、倉本君と平賀監督、それに赤坂君やスタッフさんたちだ。今日は顔合わせ。それから、台本を読み合わせる〝本読み〟という工程まで行うということだった。

もっとも、立ち回りがみたいから、リハーサル（机やテープをセットに見立てた、立ち回り付きの本読み）もまとめてやってみるということだけれど。

「今回のドラマのタイトルは、暫定ですが、おおよそこれで決まりです」

　そう倉本君がホワイトボードに書いたのは、「妖精の匣」というタイトルだった。

「この物語は、山奥に佇む一貫校に配属された新人教師、水城が、無垢な小学生たちの間にひしめく様々な問題に着手しながら、主要生徒四名、夏川明里、春風美奈帆、秋生楓、柊リリイ、そして謎の子供、リーリヤたちの問題を解決していく、というのが主軸であります。その過程で、水城と黒瀬の恋であったり、過去の事件であったりと、様々な苦難を乗り越えていきます」

　最初に聞いたとおりの設定だ。あと、タイトルはほぼ決定、ということは、このまま行くんだろう。

　それから、一人一人の自己紹介と人物紹介を終え、ひとまず、第一話の本読みを行うことになった。けれど、スタートの前に、柿沼さんが困ったような顔で手を挙げる。

「監督」

「はい。いかがなさいましたか?」

「子供たちは真相を知らぬまま進めるというけれど、特別な役割である空星君には、ある程度伝えておいた方が良いのではありませんか?」

「それも考慮致しましたが、ひとまずはやってみようということになりました」

「ふむ。そうですか……?」

　これはあれかな、まずは自由にやらせてみたいのかな?　ふっふっふっ、このつぐみ、前世から期待の斜め上で満足させることに定評があるのですよ。セットもなく、台本は手持ち。それでも、通常どおり椅子に座ってではなく、リハーサル込みなので今日は立って本読みができる。なら、期待を超えられるよう尽力させていただきますか！

なんとなく納得なさっていないような柿沼さんだけれど、まずは見てから、と、納得してくださったようだ。午前中に渡された台本は、前世を遙かに超えるハイスペックボディなこの身体がだいたい覚えてくれた。怪しいので本は持つけれど、自然に振る舞えることだろう。

「では、頭からやってみましょう。相川さん、つぐみちゃん、よろしくお願いします」

「はい」

「はい！」

最初のシーンは、広く鬱蒼とした敷地の中で道に迷ってしまった新任教師の水城が、謎の子供に警告を受ける、という、物語の雰囲気を印象づける大事なシーンだ。ここで、イントネーションや演技の仕方などで監督から指示が入る、修正を受けるので、演技もちゃんと本気でやる。役を掴まないといけないしね。

さて、いかなる事情だろうか。とりあえず、柊リリィの善の人格として振る舞おうか。柊リリィは独占欲と愛に飢えた子供だ。なら、裏側の人格は自己犠牲と与える愛？

「では、シーン——」

優しそうな新人教師。
これから巻き起こる苦難。
表の人格がもたらすであろう災厄。
ああ、このひとを、助けないと。

「――スタート」

わたしは、どう・・・なって・・・もいいから。

Scene 3

日ノ本テレビ・空き部屋（昼）
つぐみと瑞穂が相対する様子を眺め、過去に思いを馳せる柿沼。

明るい白色の蛍光灯に照らされた真っ白な部屋（舞台）で、少女と女性が本を手に取り向き合う。〝彼女〟の名前のせいだろうか？　それとも、倉本（くらもと）君からよく聞いていた、彼女のあの言葉のせいだろうか？

私は、その光景に思わず昔のことをフラッシュバックした。

平成元年が過ぎ、幾ばくかの頃、私は当時名が売れ始めていた一人の女性に出会った。数々の恐怖映画に出演し、特殊メイクの裏で卓越した演技を行う彼女は、その素顔をベールの下に隠し、すっぴんで街に出ても気がつかれないのだと笑っていた。

そんな彼女と私が出会ったのは、後の、彼女の転機とも言える作品だ。映画のタイトルは確か、『悪果（あっか）の淵（ふち）』。前半は美しい少女に心惹（ひ）かれていく女性の、禁断の恋。後半は、悪漢に暴行され殺された美しい少女を追い、悪霊に成り果て、悪漢に復讐する女の物語。主人公は、暴行を行った一人の双子の弟で、事故死した彼に間違われて襲われる。私はそんな彼を助ける兄貴分として出演した。

それまでは、〝恐怖演出の巧（うま）い女優〟でしかなかった彼女が、少女と見せた禁断の恋の様子に、私を含めて人々を驚愕させた。恐怖演出以外は、なるほど荒削りだ。けれど、こうまで観客の心を釘付けにする演技ができるのか、と。

(君にはまだ未来があった。君との未来を夢見た、若い私もいた。いつも君は、人を驚かせて

——早く、走りすぎるんだ)

共に赤坂見附（あかさかみつけ）の弁慶橋（べんけいばし）で、夢を語り合ったワンカップを、忘れたことはない。なんだかんだと繋（つな）がりができて、魂をぶつけあった彼女を、忘れたことはない。

「シーン――」

彼女とは、似ても似つかない少女を見る。銀髪に青い眼という異国情緒溢（あふ）れる容姿でありながら、顔立ちはどこか親しみのある。それ故（ゆえ）に神秘的であり、妖精のような、という形容詞がよく似合うことだろう。

名前は、彼女と同じだ。けれど、それ以外のなにもかもが違う。当たり前だ。当たり前だが――なにか、覚えのある空気を、肌が捉（とら）えた気がした。

「――スタート」

水城（みずき）役の相川（あいかわ）君が、きょろきょろと周囲を見回す。道に迷う演技だが、彼女もそろそろ芸歴二十年に近づこうとしているだけあって、本読みの場であっても堂々とした仕草だ。

「困ったな」

腕時計を見る仕草。観客に伝える、時間があまりない、というメッセージ。

「初日から遅刻なんて、先生になんてご報告したらいいのよ、もぅ」

そうして迷う彼女に、一人の少女が近づく。実際には性別のわからない格好をさせ、中性的なイメージのために一人称を変えるという少女も、この場では愛くるしく可憐な女の子にしか見えない。

そう、見えない、はずなのだ。

「せんせ。道に迷ったの?」

落ち着いたブレス。普段の彼女の声よりも、ワントーン低いボーイソプラノ。子供特有の舌っ足らずさがわかりにくいように、トーンと語調で調整している?

その声色と仕草、そして、さっとまとめた髪は、少女らしさを軽減させていた。

「え、ええ。あなたは、ここの生徒?」

「校舎はあっち。職員室は一階を歩けばわかるよ」

「あ、あの?」

「でも、気をつけて」

一歩。膝を曲げて、頭の位置を変えずにすり足で動く。体重移動が完璧に調整されたその動きは、見るものに〝まるで浮いているかのような〟印象を植え付ける。

――〝彼女〟が得意としていた、技法。

いいや、と、頭を振る。そんなはずはない。だいいち彼女は、よくいっても才能三割努力七割。血の滲む訓練をやってのけ、化け物じみた精神力で乗り越えてきた努力型の人間だった。けれどあの少女は、超人じみた才能を卓越したセンスで扱いきるタイプの、天才型の人間だろう。

そんな体に彼女の技法など、難しいことではないはずだ。大方、彼女の映画を見たことがあり練習でもしていたのか、そもそも武道でも習わされているのだろう。

「っ」

「あそこは魔くつ。悪霊のすみか」

「……え？」

「気を抜くと、こわーいおばけに食べられちゃうから」

視線を外す相川君。君の視点だと、すぐに戻したはずの視界から、突然、少女が消えたように見えることだろう。視界を外した一瞬を察知して、音もなく死角に回り込んでいたのだから。

まったく、信じがたい。度しがたいよ。彼女と少女を重ねるなんて。少なくとも彼女は、才能溢れた人間とは言いがたかったというのに。

「……驚きましたね」

シーンが終わり、監督と講評する二人を眺めながら、月城君はそうつぶやいた。

「最近の子役は、あんなにデキるものなのでしょうか？」

「さて。夜旗君の御子息は、青さはあるが素晴らしい演技だったよ」

「彼は十三歳でしょう？　彼女がその年の頃にはどうなるのか、空恐ろしいですよ」

「どうかな？　今は神童でも、そのころには秀才かもしれない」

「二十歳すぎればただの人、ですか？」

「はは、そうかもね」

言いながらも、月城君の眼からは情熱が消えていない。彼は演技の上では氷のよう、プライベートでは花のよう、本性は炎のよう、という三面性のある人間だ。誰よりも貪欲に役者の頂点を目指す彼にとって、彼女と同じ名を持つ少女は、肩を並べる資格があると判断したのだろう。

ああ、でも、それは私にとっても同じだ。このくらいの子供だと、やはり共に演技をする上で、扱いに困ることもある。かつての〝さくら〟は別格だとしても。

けれど、あの少女ならば、少なくとも演技という枠で不満を持つ機会は少なそうだ。箱入りのようだから、体力は心配だけれどね。

どうしてだろう。なぜ、こんなにも熱くなっているのだろう。こんなことは、いつぶりだったか。ああ、そうだ、久々に彼女の名を聞いて、あの日のことを思い出したから、だろうか。

『君には、将来の夢はあるのか?』

『そういう柿沼さんにはあるんですか?』

『質問に質問で返すな。……当然、役者の頂点に立つことさ』

『なら、私の夢と共存できそうですね』

『共存?』

『ええ! なにせ私の夢は、ハリウッドで人々を恐怖の渦にたたき落とすことですから!』

『は、ははははっ! なんだそれは! ああ、なるほど、いいだろう。そのときは僕が、君の恐怖映画に出演して、主演男優賞をもぎ取ってやろう』

『いいですね! 約束ですよ、柿沼さん!』

きっと君は、死後の世界でも人々を驚かせているのだろう。そんな彼女が私を見たら、彼女はなんというだろうか。きっと、不甲斐なさにため息をついて、それから、全力で驚かせに来るだろう。彼女の悪霊演技にうなされたことすらあったのだから。

君ほど真摯で、君ほど情熱的で、君ほど恐ろしい悪霊を、私は知らない。そんな君に愛想をつかされるような行動は、もうできないな。


『柿沼さん、出番ですよ』


挑戦的に笑う彼女を、まぶたの裏に焼きつける。どこかで物足りなさを感じていた役者人生だが、返り咲くのも面白い。

「かきぬまさん？」

「……——ああ、すまない。なんでもないよ」

次のシーンは、私と少女か。校長である絹片幸造が、柊リリィに声をかけるシーンだ。絹片は柊リリィが壊れる原因となった事件に間接的に関与していて、だからこそ罪悪感がある。教師としての正義感と校長の立場を失うことへの怯えと、少女に対する罪悪感に揺れ動く人物だ。だから、なにがあろうと黙認を貫く。正義のために動きはしないが、悪のために動きもしない。そういう人間だ。

このシーンでは、いじめを見とがめはしないが、見逃しもしない、という彼のスタンスが描かれる。

「では、行きましょう。シーン――」

相対するのは三人の少女。夜旗君のご息女と、子役選抜の中で主要人物ではないいじめ被害者の子と、少女……空星、つぐみ君。ボーイッシュでどこか人好きのする、神秘的な少女を演じ切った彼女が、どんな悪役を見せるのか、年甲斐もなく楽しみにしている自分がいた。

「――スタート」

平賀監督の声。彼の良く通る声が、私たちの意識を切り替える。目の前には、三人の少女たちがいた。その様子に、瞬時に、行われていることを察する。

「君たち、なにをしている?」

さて、この老骨にいかなる演技を見せてくれるのか。まだ、舌っ足らずな子供が、未就学児の子役が、いたずらっ子のような先ほどの演技の直後で、何を見せてくれるのか。

そう、演技に半ば入り込めていなかった私をあざ笑うように、ガラス玉のような瞳が私を射抜いた。

「あそんでいたんです。ねぇ?」

「ひっ」

被害者役の子が、びくりと肩を揺らして小さく唸る。素晴らしい演技だ。だが、あの子の実力ではない。異様な空気に飲み込まれて、演技をさせられている。

その、肝心かなめの少女は、挨拶に来た空星つぐみではない。柊リリィという、事故によって人格形成に問題が現れた、悪意の人格そのものだった。


「せんせい。わかりますでしょう？　あそんでいたのです」

「あ、ああ。そうなのかね。だがもう今日は遅い。日が暮れる前に帰りなさい」

「はぁい。いこ、かえでちゃん」

「……うん」

夜旗君のご息女、凛の演じる秋生楓が、心配そうにリリィと私を見ながら頷いた。被害者の子をその場に残し、悠々と歩き去るその背が、くるりと振り返る。

「またあした」

笑顔。

けれど、虚無だ。

なにも楽しくはない。

なにも嬉しくはない。

ただ、壊して守るためだけに。

ただ、愛して奪うためだけに。

強烈なメッセージを、瞳に乗せてたたきつけた。

「カット。いいね、さすがです」

「……そうかな？」

「柿沼さん？」

「私はまだ、みんなに比べて温まりきっていなかったようだ。恥ずかしいよ。次からは、もっとできると思うよ」

「あれ以上、ですか？ しかし、真に迫っていましたよ。その、戸惑いが伝わってくるようでした」

平賀監督の言葉に、目を見張る。ついで出てきたのは、忘れかけていた炎だった。私は、戸惑う演技などしているつもりはなかった。それでも周囲に伝わったというのであれば、間違いない。

演技を、させられたのだ。あの、小さな少女に。

「腑抜けていたみたいだな。くっくっくっ」

「か、柿沼さん？」

「ああ、いいや、なんでもないよ」

ただ、今は感謝をしよう。それから、君の墓前に謝らないとならないね。私はどうやら、まだまだ、君との約束を果たせていないようなのだから。

Scene 4

日ノ本テレビ・廊下（夕）
帰路につくつぐみは、小春に声をかける。

無事に本読みを終えた私たちは、のちのスケジュールを確認した後、各々で解散することになった。本当なら凛ちゃんと帰るつもりだったのだけれど、急用ができたと携帯の画面を渋面で見つめ、謝られたので、慌てて構わないと答えたのだ。

なんだか時間が空いてしまったので、せめてテレビ局内の地図を覚えようと、スタッフさんに許可をもらって探険をしている。

「小春さんは、もうおぼえましたか？」

「ええ。道を覚えるのは得意です」

「ばーどうぉっちで？」

「はい。ときにはキャンプなども行いますので」

「なるほど」

色々考えているんだなぁ。

そう、感心していると、不意になにかの音を耳が拾う。小春さんの袖を引いて足を止めると、小春さんもまた、その音に首を傾(かし)げる。

「会議室、でしょうか？」

「はい。そうですね」

好奇心、というか。少しだけ気になって、扉に近づいてみる。

――……！

――……。

言い争い？　会議をしている？

いいや、違う。これはもっと、私にとって身近なものだ。

「こはるさん、しぃー」

「っ」

唇に指を当てて、小春さんとその場を動く。というか、演技の訓練をしたわけでもないのに足音をさせずに歩けるんだね、小春さん。

そっと廊下に出て、ゆっくりとドアノブを回し、ほんの少しだけ開いて覗き込む。

声色の質からして、私の勘違いじゃなければ——

「はい、じゃ、もう一回オレの台詞ね」

——ビンゴ。やっぱり、自己練習だ。私もよくやった。

(って、片方は、凛ちゃんだ。……じゃあ、もう一人って？)

近づけば、片方が聞き覚えのある女の子の声だと気がつく。さきほど別れたばかりの、凛ちゃんだ。では、もう片方は？　そう思って、そっと目線を動かした。

艶やかな黒髪、瞳の色まではよく見えないけれど黒系統。骨格から見て間違いなく男の子なんだけど、際だって綺麗な顔立ちは、男女の境を曖昧にする。美しく、中性的な美少年だ。もしかしてこの子が、前に凛ちゃんが言っていた〝兄〟なのだろうか？

「なんで、泣かないんだ」

一言。

その、一言に息を呑む音が聞こえる。一緒に見ていた小春さんが、少年の一言に、震えた。痛みを我慢したような顔。声は震え、軋み、今にも叫びだしてしまいそうなほどに込められた言霊。一言が、世界に影響を与え、現実を歪ませて幻想を呼び起こす。まるで、そう、在りし日の〝さくらちゃん〟のような。

「へんなこと、いうんだね。泣いたらふたりはかえってくるの？」

一方の凛ちゃんも、やはり演技が巧い。泣き笑いのような表情。感情の抜け落ちた瞳。父も兄も役者で、母は下手な役者よりもずっと滑舌と語彙と、ときには演技を求められるアナウンサーだという凛ちゃん。

もっと小さなときから、彼女は演技の世界に触れてきたのだろう。ほんとうに、別人のような儚い演技だ。もっとも、経験の差もあるのだろうが、少年の方は別格なんだけどね。

「泣けよ。今じゃないともう、きっと、一生……本当に、泣けなくなるじゃないか！」
「っ、わたしが泣いたから、ふたりは死んだのに？」
「事故だろ！　おまえが悪いんじゃない。悪いんじゃ、ないんだ。自分を責めなくても良いんだ！　……泣けよ。泣いたって、良いんだ」

　副音声が聞こえるかのような叫び。きっと視聴者は、この一言に色んな言葉を重ねるだろう。許し、救い、あるいは怒りかもしれない。そう感じ取らせるだけの力がある。

　現代のドラマや映画をもっと見よう。きっと、この二十年で、とても多くの名演が世に送り出されていることだろうから。そう強く願うほどに、良い演技だ。


「わたしは――ぁ」

「――ん？　どうした？」

「……つぐみ！」

「は？」


　あ、気がつかれた。

　演技中の凛(りん)ちゃんと目が合ってしまい、凛ちゃんは演技をぶった切って私に駆け寄る。子犬みたいでとても愛らしいが、少年には申し訳ないことをした。

「のぞいちゃって、ごめんね」

「いい。つぐみならとくとーせきでいい。いいよな？　あに」

「はぁ？　なに言ってんだ。ダメに決まって――」

そう言いかけた少年は、私を見てぴたりと止まる。その様子に、凛ちゃんはすかさず目を細めて少年に声をかけた。

「つぐみがかわいいからって、みすぎだぞ、あに」

「ばっ――いや、ちがっ」

「かわいくないともうすか」

「そんなことは言ってない！　じゃなくて！　おいおまえ！」

少年はそう、勢いを振り払うように私を指さす。

「おまえだろ、凛の言ってた〝演技の天才〟って」

「そうなの？　りんちゃん」

「うん。いった。よくわかったな、あに」

「おまえはいちいちわかりやすいんだよ、凛」

まぁ、それはわかる。

少年はそう、天使のような顔立ちからは想像もできない口調で、肩を怒らせた。なにか怒らせるような――いや、覗き見は怒られるか。そうだよね。

「で、おまえ。覗きが申し訳ないと思うんだったら、おまえがオレの本読みに付き合え」

「つきあえって……いやらしいぞ、あに」

「そういう意味じゃないしなんでわざわざそこだけ抜き取った!!」

仲良いんだなぁ。っと、感心している場合ではない。

「あの、のぞいてしまってごめんなさい！」

「申し訳ありません、夜旗(よるはた)様。この責任はマネージャーである私が」

「ああいえ、責任とかいいので。オレはただ、この子の実力が見たいだけです」

「わたしの？」

随分と、ハッキリ物を言う子だ。正直、好感が持てる。そして一役者として、今世で初めて受けた〝挑戦〟に、魂が震えた。

前世ではそれなりにあったことだ。片親の子。両親に逃げられた子。不幸というだけで成り上がった子。撮影の場で、オーディションで、舞台の上で、カメラの裏で、多くの人間と己の魂をかけてきた。

私は、挑戦相手を子供だからと見くびらない。それは、私自身がされてきて、一番嫌なことだったから。

「ぜひ、おねがいします」

「へぇ。良い度胸じゃん。凛(りん)」

「はいはーい。つぐみ、あっぷはしないけどはんせいように、さつえいするね」

「では、凛様。不肖(ふしょう)、御門小春(みかどこはる)がその大役、承ってもよろしいでしょうか？」

「うん」

あっぷ？　あっぷってなんだろう。まぁ、小春さんが止めないのであれば大丈夫か。

「シーンはどこですか？？」

「この台本。さっき凛がやったところじゃなくて、ここ」

なるほど。自分の我が儘で両親が事故に遭い、心を閉ざした少女。少女と出会って彼女を助けたいと願う少年が、そんな少女の心に踏み込むというのが、さきほど凛ちゃんが演じていたシーンだ。この台本は、時系列としてはそのあと。

少女、玲奈は少年、将の言葉で氷のように固く閉ざしていた心を僅かに溶かす。それが、両親を慕っていた叔母、朝子の「おまえがいなければ良かった」という言葉により、最悪の形で決壊してしまった。

マンションの屋上。飛び降りようとする玲奈。将は、決死の覚悟で玲奈を止める。

「じゃ、凛。合図よろしく」

「めいかんとくのじつりょくをみよ」

「余計なことはするなよ？」

罪悪感。

両親への思い。

叔母への恐怖。

少年への儚（はかな）い感情。
己自身への、煮えたぎるような憎悪。

「シーン——あくしょん！」

激情は堰（せき）を切り、心を燃やすように、溢（あふ）れ出る。

「っおい、そんなところでなにやって——」
「来ないで!!」
「——っ」

だから、お願い。
どうかわたしを、見逃し（見捨て）て。

日ノ本（ひのもと）テレビ・会議室（夕）
台本を持つつぐみを眺める凛（りん）の兄・虹（こう）。

揺れる白銀の髪。まっすぐに見つめる青い眼。異国を思わせる外見のわりに、親しみのある容貌。その全てが神がかり的に配置された、人間離れした造形美に、思わず瞬きを忘れた。

——なんてことは、悔しいから言ってやらない。こんな覗き見幼女なんかに、絶対に言ってやらない。

「シーンはどこですか?」

なんて、何事もなかったように、この夜旗虹の挑戦を受け取る幼女に、むかっ腹が立ってくる。なんだ、本当にオレと並べるつもりでいんのかよ。ウケる。そんな、とりとめも無い気持ちを、凛の生意気な視線で止められるほどに。

わかってる。ああ、わかってるよ。この世界は何処まで行っても実力が全てだ。実力を測る挑戦をしたんだったら、全部受け止めてやるさ。

「この台本。さっき凛がやったところじゃなくて、ここ」

すかした顔で台本を読んで、あろうことか、ぱたんと閉じた。覚えたのか? 直観像、とかいうんだっけ? それだけは、わりとマジでうらやましいかもしれない。

いやいや、何言ってんだ。そんなわけあるか。オレだって、やればできるに決まってる。きっと。

「兄?」

「なんでもない」

凛(りん)の小さな、訝(いぶか)しむような声に頭を横に振る。気にするな。戯言(たわごと)も雑音も、今のオレには全部不要だ。

イメージしろ。オレは、年の離れた女の子に淡い恋心を抱く少年だ。妹のような存在だったのに、大人びてきた少女。彼女を守ると誓ったのに、不甲斐(ふがい)なさに己を憎む少年、将(しょう)だ。

「じゃ、凛。合図よろしく」

「めいかんとくのじつりょくをみよ」

「余計なことはするなよ?」

没頭しろ。

本読み? は、ふざけるな。今この場は、そんなちゃちな場じゃない。魂と魂をぶつけ合う、本気と演技の場だ。

屋上。

佇む玲奈(れな)。

追いついた自分。

「シーン——あくしょん!」

身を投げ出そうと震える彼女の背に、心が、凍った。

「っおい、そんなところでなにやって――」

「来ないで!!」

「――っ」

涙のにじむ声。空気が震えて、彼女の本気に足がすくむ。

「なにしに来たの？　放っておいてよ！」

「いやだ！　帰るぞ、玲奈！　こんなことして、おじさんとおばさんが喜ぶとでも」

「朝子(あさこ)叔母さんは喜ぶわ」

「っ」


おまえさえ生まれてこなければ。

言葉の刃が玲奈をえぐる瞬間を、オレは確かに見ていた。見ていたのに、なにもできなかった。

玲奈の浮かべる嘲笑は、己自身に向けたものだろう。なのになぜか、それは自分に向けられたもののように突き刺さる。

「ねぇ、もういいでしょう？　わたしをお父さんとお母さんのところへ行かせて？」

「自殺なんかして、あの二人に会えるとでも思ってんのか！」

「あっ、ははは、わかってるわよ。自分たちを殺した人間なんかと、会いたくなんてないでしょうね！」


イメージが流入する。ペンキの匂いのするような、崩れた白壁のマンションの。

いや、いや、今時そんなマンションなんてあるか。きっと、よく整備されたコンクリートの。

流れ込んでくるイメージは、大人を相手にしているような、泣き出しそうな子供を相手にしているような。生まれたての胎児が、老成した……ちがう！

なんだ？　なんでこんな、ちぐはぐなんだ？　ええい、と、振り払って、一歩踏み出す。


「会いたくない？　笑わせんな！　あんなに愛してたから、玲奈(れな)のところに行こうとしたんだろ？　それを否定したら、あの二人の心まで否定することになるんだぞ……」

「っ、それ、は」

「帰ろう。ほら、風邪ひくぞ。帰ろう、玲奈――！」

「い、いや、こないで！」

いやいやと首を振る玲奈の足が、マンションの屋上から、一歩外に出る。死のうとした故意のものではない。動揺が踏み込ませた、偶然の事故。幼い体が宙に投げられ、自然落下を始めようとした瞬間、玲奈は、安心したように微笑(ほほえ)んだ。

だからオレは、走る。安心なんてさせてやらない。おじさんとおばさんの愛を、オレの想いを、無駄なんかにさせない。間に合って、摑(つか)んだ手は、冷たく震えていた。


「なん、で」

「死ぬなんて、言うなよ。死のうとなんて、するなよ！　オレは――玲奈に、死んでほしくなんかない」

「なんで、なんでよ……う、ぁ、ぁあああああぁあぁぁぁっ!!」

小さな頭を抱きしめる。今はただ、そのぬくもりが消えなかったという実感だけが、泣きだしてしまいそうな自分を抑えていた。

「カット！」

声に。

音に。

色に。

交わる視線に、我に返る。

「いつまでだきしめてるんだ？ 兄」

「あ、ワリィ」

「いえ、おきになさらず」

こんなの、初めてだ。初めて、世界が交わった。あの瞬間、確かにオレは〝将〟だった。それを……こんなちぐはぐなやつに引き出された自分が、妙に悔しかった。

「ちっ……今回は引き分けだ」

「えっと、はい」

「なんだよ。ずいぶんと素直じゃないか。あんなにあっさり挑戦を受けておいて」

空星つぐみは、どこか戸惑うような声で頷く。なんなんだ。ハッキリしろ。

「その、うーん」

「煮え切らないな。言いたいことがあれば、言えば？」

そう問いかけると、なぜか、横の凛がため息をつく。

「はなせってことだろ、兄」

「はなせ……離せ？ あっ、悪い！」

謝っといて抱きしめたままで、妹に指摘されて離れて謝るとか、コントか！　慌てて離れると、空星つぐみは頰をかいて普通にしていた。

ぐ……なんか悔しい。

「きょ、今日はこれくらいにしておいてやる。行くぞ、凜！」

「あ、うん。じゃあつぐみ、またあした」

「う、うん。またあした！」

のんきに手を振る凜をひっつかんで、会議室を出る。肩を怒らせて歩いていると、凜が小走りで横に並んだから、お袋の教育を思い出して歩幅を合わせた。

「どうだった？」

「はん。あれならオレの楽勝だね」

「あれなら？」

「あの分ならな」

なんというか、本気で演ってみて、すこしわかった。なんかずれてるっていうか、ちぐはぐなんだ。うまく言えないけどさ。

「そのぶんが、なくなると？」

「なくなる？　ふん、そんなの」

化け物が生まれるに、決まってるだろ。

自然と出てきそうになった言葉を、思わず飲み込む。ただ首を傾げる妹に、オレは、なんでもないと悪態をついて、首を振った。

Ending

ローウェル邸（夕）
帰宅後、父の胸に飛び込むつぐみ。

初顔合わせから帰宅すると、笑顔の両親に迎えられる。優しくて暖かい体に飛び込んで、長身の父に抱き上げられると、視界がとても広くなった。

「りんちゃんのおにいさんと、ともだちになったよ」

「ほう、そうかそうか。ぼくの天使は友達づくりの天才だね」

「あらあら」

優しい笑顔。優しいことば。娘として、親子として自分に向けられていると考えると、むずがゆくなる。

「つぐみが演技の勉強の一環に映画やドラマを見ておきたいだろうと思って、シアタールームに準備がしてあるから、あとで一緒に見ようか」

「ほんと？　うれしい！」

「もっと小さい頃は、一緒に童話や名作劇場なんかも見たのよ？」

「えー！　おぼえてないなぁ」

覚えているような、覚えていないような？　あと、うれしい、嬉しいけれど、シアタールームって？？？

まさかちっちゃい映画館のようなものごと用意されるとは思わず、顔が引きつるのを我慢するのに忙しかった。

「つぐみ、今度、劇場にも見にいこうね。気に入った劇団があったら、お招きしましょう？」

「それはいいね！　さすが、ぼくの女神だ。話題のところはどこだったかな？」

劇団を招くって、えっと、どう止めればいいんだこれ。さすがに、娘に甘すぎるよね？

「ダディ、マミィ、あの」

「ん？　ああ、そうだ。今日は一緒に寝ようか？」

「ぁ――う、うん」

なんて、止める言葉を探していたはずなのに、疲れからか、父の言葉に素直に頷いてしまう。

肉体はともかく、記憶の年齢は三十のおばさんなのに、両親と一緒に寝たいだなんて！

あわあわと取り消そうと慌てる私を、けれど、父の大きな手は優しく撫でて鎮めた。

「つぐみの部屋がいいかな？」

「ふふ、少し狭いですよ、あなた。私たちの部屋にしましょう？」

「いいね。なら、ハルナにアロマを焚かせようか」

「はい。では小春さんには、つぐみのぬいぐるみも持ってきてもらいましょう」

幼い頃は、自分の部屋にあこがれた。自分だけの空間があれば、お酒を飲んで暴れるお父さんから逃げられると思ったから。

けれど本当は、両親と川の字で寝ることを夢見た。二人が自分を見てくれて、優しく声をかけてくれるだけで、どんなに嬉しいことだろうかと妄想しては、現実を突きつけられた。

私は、こんなのは知らない。こんなに温かいことなんて、知らない。知らないのに、今、いくらでも知ることができて、きっと、戸惑っている。

ホラー女優だった桐王鶫は、飢えて、くるうような愛の演技が高い評価を得た。

ただの子供でしかない私は、包み込まれるような愛の中で育っている。

(わたしは、どうやったら、ふたりの愛にこたえられるのかな)

演じ方はわかるのに、甘え方はわからない。過去を生きた鶫と、今を生きるつぐみの境界が、わずかに揺らいだ気がした。

柿沼邸（夜）

スマートフォンをスピーカーフォンに設定し机に置くと、柿沼は深くソファーに腰掛けた。


「ああ、もしもし。私だ」

『珍しいね、伯父さんから電話をするなんて』

「私は、そんなに不精者だったかな？」

『そうはいわないけれど、忙しいだろう？　なんていったって大御所俳優、柿沼宗像だよ』

「よしてくれ。未熟を実感したばかりなんだ」

　自宅の一室でスマートフォンに語りかける。電話の相手は、年の離れた甥だった。彼もまた私と同じ道を辿り、奇しくも、若い頃の私によく似た風貌で人気を集めている。その人気は、なにも血筋や外見によるものだけではない。若い頃の私をしのぐほどの才能と、あの頃の私のような貪欲さを併せ持つ。

　最後に顔を合わせたのは二年前。彼がまだ、十六のときだった。テレビで見る彼はより洗練されていたが、顔を合わせるとどうだろう？　そのときが、楽しみでもある。

『……本当に、珍しい。弱気にでもなったの？　よしてくれよ。伯父さんは僕の目標なんだから』

「乗り越えやすくなっただろう？」

『本当にそう思うんなら、覇気のない声をしてくれよ。なに？　まさか、なにかあって覇気が満ちたって電話？　はぁ……また目標が遠のくよ』

「はっはっはっ、やりがいがあるだろう？」

甥の親しげなため息が、どこか心地よい。私のような老骨を目標にしてくれているというのだから、おちおち気を抜くこともできない。彼女がいなくなって二年後に生まれた彼は、私にとっても希望だった。年の離れた妹が、命と引き換えに産んでくれた子だ。

だが、今にして思えば、それでも甘かったのかもしれない。彼女と同じ名前の子供にあんな形で諭されなければ、腑抜けた自分に気がつけなかったのだから。

『で、なんの電話だったのさ？』

「いやなに。今、私の友人たちとの間である計画が持ち上がっていてね。それに君を誘いたかったんだ。実力のある俳優としてね」

『嫌味か』

「くくっ、そうではないよ。本心さ」

『ちっ、今に見てろよ。……で、計画って?』

手帳を開いて、あの日の未練に目を眇める。本当は断ろうと思っていた。けれど今日、仕事帰りに仲間たちに連絡して、出演を決めてしまった。未練にすがっていては、彼女に笑われるような気がしたからだ。

「『紗椰』、という映画を覚えているかい?」

『……トラウマでも掘り返してやろうってこと?』

「はは、覚えているようでなによりだ」

『紗椰』。いじめによって命を落とした少女、紗椰は、地縛霊として学校をさまよっていた。孤独の中で深い悲しみとともに消えていくはずだった紗椰は、ある日、自分が見える少女と出会う。孤独な少女、咲恵と地縛霊だった紗椰は、予定調和のように仲良くなり、絆を深めていった。だが咲恵の卒業式の日、彼女は通り魔に遭って心を壊し、人形のようになってしまう。悲しみに暮れる紗椰は、数年後、学校で行われた同窓会で、咲恵がクラスメートに暴行されたという真実を知る。親友を傷つけられた紗椰は悪霊となって、かつての咲恵のクラスメートに復讐を果たす。

「その、『紗椰』をリメイクする」

『は? いやでも、主演って確か』

「そうだ。桐王鶫――伝説の女優だよ」

『そうそう、伯父さんが独身を貫く原因の』

「海（かい）」

『はいはい、そんな本気で怒らなくてもいいじゃないか。……ごめんなさい』

「まったく」

前半は孤独だが心優しい少女の幽霊。後半は邪悪で恐ろしく、悲しい悪霊。二面性が恐怖を生み出すホラー映画で、加害者の妹で主要登場人物、沙希（さき）が恐怖の渦に巻き込まれるシーンは地上波放送の際に泣き出す子供が後を絶たなかったほどだ。

当時、彼女は以前のヒットから二面性というテーマによく用いられるようになり、これは、その二面性の〝恐ろしさ〟を知らしめた作品だった。故（ゆえ）に、外国の評価だと、彼女の深い愛の演技を見せられる『悪果（あっか）の淵（ふち）』を好む者は、彼女を〝Ghost〟と呼ぶ。だが、愛による狂気を見せつける『紗椰』を好む者は、彼女を〝Evil Spirit〟と呼ぶという。

この子役について適役がおらず迷走していたが……なんとかなるかもしれない。それも、出演を取り決めた理由の一つだ。

『ま、いいよ。当然、役は遠藤弘樹（えんどうひろき）なんだよな？』

「ああ。不安かい？」

『冗談。……あんたの演技よりもいいって、言わせてやるさ』

「くっ、楽しみだよ」

当時、私が演じた役は、加害者に雇われた探偵、遠藤弘樹だった。それを、今度は、甥が演じる。若い世代に委ねようなどと甘いことを考えていたこれまでと決別するのに、おあつらえ向きの舞台といえよう。

（君がこの世を旅立って二十年。その二十年が虚無の日々だったとは、もう、誰にも言わせないよ）

通話を終えたスマートフォンを机に置き、月のない夜を見つめる。あの夜空に君がいると思うと、不思議と、潰えたと思い込んでいた闘争心が、ふつふつと湧き上がってくるようだった。

——Let's Move on to the Next Theater——

Opening

ローウェル邸・リビング（朝）

机に並べられた資料を前に、つぐみは眉を寄せて唸りながら複数の学校のパンフレットに視線を落とす。

学校と聞くと、普通、どんなイメージが思い浮かべられるのだろう。前世では高卒だった。夜間部に通いながら役者の勉強をして、ちょうど悪霊役が板についた頃に卒業した。中学生のときは、とにかく生きることに貪欲で、祖父母を楽させるために公立や国立高校に入学しようと、必死で勉強していた。では、小学生は？　茶封筒に押し込んだ給食費が酒代に変わらないよう、怯えながら登校した記憶が印象的だ。けれど、給食と牛乳という貴重な栄養源を逃したくなくて、熱が出ても登校した記憶がある。

幸い、人の顔色をうかがうのは得意な子供だったから、いじめとかはなかったのが救いだったけれど、ほかの学年ではいじめがあったと聞いたことがある。良くも悪くも、集団生活のスタート地点だ。

「本当は私立鴨浜中央学園でもよかったのだけれど、私立竜胆大付属小学校なら芸能人用のクラスがあるらしい。休みがちになってもこれなら安心だろうし、どうかな？」

「もちろん、ほかにいきたいところがあったら言ってもいいのよ、つぐみ」

私の前に広げられているのは、やたら豪華で仰々しい見た目の、学校のパンフレットだ。お受験する小学校はどこがいいか？　ということなのだけれど、あいにく、今は頭が追いつかない。お受験小学校の中でも、だいぶ高ランクのところだよね……。

そもそも、お受験って普通、なにをするんだろう？　勉強？　私の知識には偏りがあるぞ……。

「ゆっくり考えてもいいんだよ？」

「ううん、だいじょうぶ！」

前世では、学校は生き残るための通過点でしかなかった。今世では、せっかくだ。友達づくりに励んでも罰は当たらない。なにより、芸能活動で内申点が減らないのは素晴らしい。

「わたし、りんどうしょうがっこうにする！」

「ふふ、ええ、わかったわ」

「では、早速、学校見学をしようか。ハルナ」

「既に」

控えていた使用人の御門春名(みかどはるな)さんが、完璧なお辞儀でそう答える。ちょっと慣れてきたのだけれど、この〝既に〟の一言は、〝アポとって〟、〝車の手配して〟、〝お出かけの下準備を終え〟、

〝スケジュールも調整済み〟が含まれた、〝既に〟だ。有能すぎる。

「では、つぐみ様は不肖わたくしめが」

「あ、はい。よろしくおねがいします、こはるさん」

そんな春名さんの娘で、私の専属使用人兼マネージャーの小春さんが、私の準備を手伝ってくれる。そろそろ春先が近づいてきて日差しは暖かくなってきたけれど、吹き付ける風はまだまだ肌寒い。そうなると、着るものが多くて大変なんだよね。

そういう意味では前世は楽だった。幼い頃から寒いことにも暑いことにも慣れすぎて、薄着でもどうということはなかったからね。

「どのようなお召し物になさいますか?」

「がっこうは、せいふくですか?」

「はい」

「なら、ずぼんにしようかなぁ」

スカートは嫌でも毎日はくことになりそうだからね。そう告げると、小春さんはショートパンツにハイソックス、それからサスペンダーとシャツをささっと用意。髪をまとめてアップにして帽子をかぶれば、ボーイッシュな女の子の完成だ。

この上からジャケットを羽織れば、なおさら少年っぽさが増す。足下も、ハイソックスのおかげで寒くない。こういう格好って小さい頃の方が似合うから、今だけの特権だよね。

「お可愛らしいです、つぐみ様。お可愛らしいです」

「ありがとう？」

　なんで二回言ったの？

　疑問に首をひねりながら、出発の準備を続けていく。小春さんって意外と、かわいい物が好きみたい。


　眞壁さんの運転するいつものリムジンに乗り込んで、今日は車内で母にスマートフォンの扱い方についてレクチャーを受ける。レインにはスタンプというのがあって、欲しいものを専用通貨で購入できるのだとか。ゴールドとかいうもので、どうみても五桁あるんですがそれは。普通、こんなものなのかな？　凛ちゃんに聞いてみよう。

　都心に向かって走り、閑静な住宅街を抜けていく。どうもその学校は港区でも白金高輪の坂を上った方にあるらしく、走行中には東京タワーも見えた。二十年たっても東京のシンボルなんだろうなぁ。

「見えたわよ、つぐみ」

　母の声で、車窓から外を眺める。お金持ちの学校と言えばお城か宮殿のようなイメージだったが、竜胆小学校はどちらかというと近代的なＳＦチックな外見だった。大学校舎ではなく小学校の校舎で合っているようだけれど……本当にこれ、マンションとかじゃないよね？

「さ、おいで、ぼくの天使」

「うん！」

父と母に手を引かれ、校舎に入っていく。事務手続きは小春(こはる)さんがやってくれたみたいだ。なにもかもスムーズだね。そうでないとお金持ちになれないのかも。

スリッパに履き替えて、応接室のようなところで待っていると、上品な女性が入室する。年の頃は五十半ばにさしかかる頃だろうか。ぴんと伸ばされた背筋が心地よい。

「本日ははるばるお越しくださり、誠にありがとうございます。私は当竜胆(りんどう)大付属の学長を務めております、竜胆明子(あきこ)と申します」

竜胆さんが名乗り、私の両親もそれに続く。それから、学長先生が学校の説明をしてくれた。いわゆるエスカレーター式だけど、一定の学力がなければ退学もある、とか、小学生のうちから単位制を導入していて、必修科目以外は自由に選択し、必要単位を修めるとか、親御さん向けのお話だ。

あとは、芸能活動。大学には芸能・芸術を中心とした科が多くあり、芸能関係者がデビュー後に入学することもあるそうだ。

「つぐみちゃんは、どんなお勉強がしたいのかしら?」

一区切りをつけた学長先生が、笑顔で私に尋ねてくる。

「んと、やくしゃのおべんきょうです！」

「あらあら、ちゃんと考えていて偉いわね」

「さすがは、ぼくの天使だ」

「ふふふ、つぐみ、ちゃんと答えられたわね。えらいえらい」

「んぇへへへ」

んぬ、しまった、両親にかいぐりかいぐり撫でられて変な声が出てしまった。どうしたつぐみ、しっかりしろ。こんなことじゃホラー女優は夢のまた夢だぞ。

「当校はクラブ活動のほかに、アフタースクールという形で専門分野の履修も可能です。本日は春休み期間のため通常授業は行っておりませんが、希望者には一部専門講義を開放しておりますので、演劇コースの見学をなさいませんか？」

「なるほど。どうだい、つぐみ？」

「みたい！」

「よし、いい子だ。では先生、お願いできますか？」

ということで、私たちは専用の講堂に向かうことになった。今やっているのは、中等部の生徒に向けた基礎演技の練習で、ダイアローグ（モノローグの対義語で、対話のシーンのこと）を受講しているのだとか。

「そういえば――本日は、生徒のご家族もおられますが、お子さんは大丈夫でしょうか？」

他に人がいて大丈夫か？　ということだろうか。もちろん大丈夫だけれど、参観もありなのかな？　返事をしつつ首を傾げると、学長先生は笑顔で答えてくれた。

「いいえ、春に小等部に入学なさる児童です。中学生のお兄様が当校の演劇講義に参加されておりますので、偶然、ご友人と見学に来られたようです」

「なるほどー……？」

ううん？　なんだか既視感。まぁいいか。

ずいぶんと豪勢な渡り廊下を恐る恐る抜けると、天井の高い講義室の中二階に出る。簡易的な練習舞台として使用できるよう、照明や音響装置が中二階に配備されているのだとか。想像の何倍も至れり尽くせりな設備みたいで、柄にもなくわくわくしてきた。

「ちょうど、今、生徒が実演しているようですね」

学長先生がそう告げると、父が、私が見やすいように抱き上げてくれた。手すりから見える景色は、足下が崩れるようでとてもこわい。父の大きな手と母の笑顔がなければ、思わず後ずさっていたことだろう。そんな、生理的な恐怖は目の前の光景にかき消された。


「殿下、殿下！　行ってはなりません」

「――離せ」

「冷静になってください。行ってはならないのです、殿下ッ」

台本を手に持った男子生徒が、同じく台本を手に持つ男子生徒の手を掴む。それを、掴まれた男の子は、凍るような眼差しで見つめ、動揺が伝わるより早く手を振り払った。

「おれの運命が叫んでいるのだ。我が肉体に宿る血脈が、獅子のように勇んでいる。もう一度言うぞホレイシオ——手を離せ。離さぬのなら、おまえを殺す」

冷たい目だ。だが、目の奥には煮えたぎるような憤怒と激情がある。それに相手役は二の句を告げられず、ひるむように後ずさった。

「『ハムレット』か。小さい頃に劇場に見に行ったが、覚えているかな？　つぐみ」

「——このあと、おうさまのふくしゅうをちかうんだよね」

「えらいわ、つぐみ。よくおぼえていたわね」

「う、うん」

いや、違う。今世で見たことは正直、うっすらとしか覚えていない。私が覚えているのは前世でのことだ。名作は見ておきたいと、生活費を切り詰めていった劇場で、ただただ圧倒された若かった私のみすぼらしい後ろ姿を、観客席に見たような気さえした。

ドレスコードも知らなくて、衣装さんに頼み込んで着た上品なスーツ。明日の食べるものにも困る生活なのに、あの頃の私は、情熱を霞のように食べて生きていた。ガタガタのＶＨＳをすり切れるまで見直して、映像に、演技に、ぜんぶをかけていた。

なら。

今の、わたしは？

「つぐみ？」

「ぇ……ぁ」

横合いから響く、幼い声。

「やっぱり、つぐみだ！　こんにちは、おじさん、おばさん、つぐみ！」

「あ、れ――りんちゃん？」

「きょうはなんだかカッコイイふくだな。兄よりカッコイイぞ！」

映像の背景が切り替わるように、沈んでいた記憶が巻き戻される。息を切らして駆け寄ってくれたのだろう。凛ちゃんが、父の足下から私を見上げていた。

「丁寧にありがとう。こんにちは、凛ちゃん」

「お一人かしら？」

「いえ！　じゅりあとみみと、したに兄が！」

下に兄？　言われてみて、気がついた。演技のフィードバックを切り上げて私たちを見上げる生徒たち。その中でひときわ目立つ、天使の輪のようなキューティクルの髪の少年の姿。

つい先日、私と演技対決のようなことをした男の子、凛ちゃんのお兄さんで、名前が確か、夜旗虹君だ。

「つぐみもけんがくか？」

「こ、こんにちは……」

「じゅりあちゃん、みみちゃん」

凛ちゃんの後ろからゆっくりと歩いてきたのは、子役仲間の二人、朝代珠里阿ちゃんと、夕顔美海ちゃんだ。美海ちゃんは珠里阿ちゃんの後ろに隠れておずおずと私の両親を見ているが、珠里阿ちゃんは堂々としたもので、物怖じせず私に問うた。

「うん。そうだよ」

「そっか。あたしもみみもりんも、はるからここにかようんだ」

「そうなんだ！」

中等部にはあのお兄さんがいて、一つ上の学年には凛ちゃんたちがいる。これって実は、けっこういいのではないのだろうか？

「あ、そうだ。おわったらうちにくる？」

唐突に凛ちゃんがそう告げる。それに、私がなにか反応を示す前に、珠里阿ちゃんがうれしそうに笑った。

「お、いいね！　きょう、りんのいえでゲームやるんだ！」

「つ、つぐみちゃんもくるなら、たえられるかも」

ゲーム、ゲームか。前世ではもっぱらテーブルゲームが主体だった私にも、できるものなのだろうか。でもとりあえず、両親の許可が必要だろう。そう、恐る恐る父を見上げると、優しげに頷(うなず)いて両親が微笑(ほほえ)んだ。

「では、見学が終わったら車を回そう」

「いいの？　やった！　ありがとう、ダディ、マミィ！」

「ふふ、帰る頃に迎えを出すから、連絡してね」

「うん！」

どうやら、先日の約束が果たせるみたいだ。なんて、私は柄にもなく、ホラーゲームの到来を心待ちにする。

そのころには既に……あの、胸を締め付けるような感情は、消えてなくなっていた。

Scene 7

竜胆(りんどう)大付属小学校・応接室（昼）
机の上に広げられた資料を母と眺めるつぐみ。

――私立竜胆大付属小学校。

数々の芸能人を輩出、またはその活動を支えてきた名門校。前世の私にはあまりに縁のない施設だったから知らなかったのだけれど、あげられる受講者の中には前世の私が知る人間もいたほどだ。身元のはっきりしている人間相手なら見せてくれるという卒業名簿を眺めながら、私は知っていた名を目でなぞった。

初等部には、当時子役だった人間もいる。そちらにもやはり、知っている名前があった。専門系の学校なんか通わなくても演技が卓越していたさくらちゃんは除くとして。

「あら、Vシネマの楠王座（くすのきおうざ）も名簿にありますね。ほら、つぐみ」

「ほんとだ！」

「ホラーにも出ていたらしいのだけれど……そちらは知らないのよねぇ」

「そうなんだ？」

「お母様もつぐみちゃんも、渋い趣味なのですね」

Vシネマの名優、楠王座。弟分として有名だった、甲田陸（こうだりく）。今は二人とも六十代だろうか？懐かしい俳優だ。確か、ヤクザもののホラー映画で共演したことがある。楠さんは拳銃（チャカ）より短刀（ドス）が似合う風貌で、甲田さんはまさしく舎弟という演技が上手だった。

桐王鶫（きりおうつぐみ）が共演した作品は、楠さんの放免祝い（刑務所から出所する人を祝うこと）に刑務所へ迎えに来た甲田さんが、突如、錯乱して、楠さんを撃ち殺してしまう。そのときに甲田さんを呪っていたのが、ほかでもないこの私、桐王鶫なんだよね。

確かそのとき、子役もいたはずだ。そう思って初等部の卒業名簿を確認するも、思い描いた名前がなかった。

(元気にしているかなぁ、サラちゃん)

当時の映画作品、『竜の墓』では、楠さん演じる蕪総三郎の妻であった伊都子は、蕪の愛人であった美乃利に毒を盛られて死んでしまう。それが美乃利を妻にしたいが先代組長の娘であった伊都子を切れなかった蕪による共謀で、伊都子は悪霊となって彼らを呪い殺していくのだ。このとき、美乃利の娘、瑠美子を演じたのがサラちゃんだ。サラちゃんは子役で悪役という立ち回りを見事にこなし、高い評価を受けていた。

ご家庭の事情で一時期役者の世界から離れ、その後、復帰した。復帰後はけっきょく、一度も会うことができなかったなぁ。

「つぐみ、疲れてはいないかい?」

「うん、ダディ。だいじょうぶ!」

とっさに父にそう答えると、父は「そうか」と微笑んで私を抱き上げた。ぼんやりしていたから、疲れていると思われたのだろう。ついつい物思いにふけってしまう。気をつけないと。

「生徒のためのサロンがあります。見学の方に開放することもございますので、少し、休まれますか？」

「そうだね。つぐみ、いいかい？」

「うん。ありがとう、ダディ」

父に抱き上げられたまま、サロンとやらに移動する。というか、生徒用のサロンってなに？ けっこう学費高いんだろうなぁ、なんて、今更ながらに考えてしまった。

「――こちらです」

「わぁ……」

サロン、というのは植物園と隣接（建物の中なのに！）しているようで、磨りガラスの向こう側には花々や木々、小鳥なんかも羽を伸ばしている。ドーム状のスペースで、中央には白いアンティークな机と椅子。防音効果もあるので、ここで演技の自主練習をしたり、休んだり、試験勉強をしたり、食べ物を持ち寄って食事にしたりするようだ。生徒によっては、使用人を入れることも許可している……って、それ、お金持ちの優雅なティーブレイク用っぽいね。

私は父の手から抜け、そっと、付き従ってくれていた小春さんに近寄る。両親がいるときは影薄いんだよね、小春さん。凛ちゃんも気がついてなかったし。

「こはるさん」

「いかがなさいましたか、つぐみ様」

「ばーどうぉっち、してもいいよ？」

休憩中だからね。そう、小春さんの袖をくいくいと引っ張りながら告げると、小春さんはいつもはほぼ変えない表情を微笑ませて、首を振った。

「いいえ、大丈夫です。こうしてこの空間でつぐみ様と小鳥と花々を視界に収められるだけで感無量にございます」

「おおげさだなぁ。でも、きゅうけいしたくなったらおしえて?」

「はい。承知いたしました。至福のとき故、お気になさらずとも大丈夫にございます」

「そう?」

小春さんに頷いて、両親のもとに戻る。母に手を引かれて高い椅子に座ると、母は優しく私を撫でた。

「人に気を遣えるのは才能よ。優しい子ね、つぐみ」

「さすが、ぼくたちの天使だ。えらいよ。ただ、自分を優先にするのは忘れないこと。いいね?」

「うん!」

やっぱり、できた両親だ。前世の両親に爪の垢を煎じて飲ませてやりたい。両親が話を進めてくれるので、私の仕事は紅茶とクッキーに舌鼓を打ちながら、学長先生の会話に耳を傾けることになった。

「つぐみちゃんは、将来はやはり演劇の道に?」

「実は、既に子役としてのデビューが決まっております」

「まぁ！　放送日には必ず視聴いたします」

「ええ、そうしていただけるとつぐみも喜ぶことでしょう」

父と学長先生の会話を耳に挟みながら、小春さんの用意してくれた紅茶を飲む。ときおり、母が差し出してくれたクッキーを気恥ずかしいながらも食べていると、いつの間にか、父もその輪に加わっていた。やめて、太っちゃう。


「――では、そろそろ移動しようか」

「つぐみ、もう学校のことはわかってきたかしら？」

「うん！　たのしそう！」

「ふふ、いい子ね」

サロンを出て、最後に事務的な話をするのだという。一緒に応接室に入って、というところで、不意に、肌に突き立つ視線を感じた。

「あ」

「ん？」

振り向くと、そこには、レッスン用のウェアに身を包んだ虹（こう）君……凛（りん）ちゃんのお兄さんが、お友達を連れて歩いてくるところだった。

虹君は真っ白のタオルで汗を拭きながら、友達と真剣な表情でなにかを話している。今日のフィードバックだろうか？　熱意という言葉で語るには、まだ彼のことを知らない。

「まだいたんだ」

「こんにちは、こーくん」

「誰がこー君だ」

「おや、ぼくの娘にそう呼ばれるのは嫌かい？」

私の頭上から、父の声が聞こえる。するとどうだろう、虹君はびくりと肩を震わせて、ばつが悪そうに目を逸らした。虹君こそ天使のような風貌なのに、いかにもきかん坊なところが面白い。

類推するに、基本的に彼は、人がよく真面目で、ぶっきらぼうの中にも優しさがあるような感じだ。本当に、凛ちゃんのおうちっていいご家庭なのだろう。父の言葉に、虹君はたじたじながらも返事をする。

「いえ、そんなことはないです」

「そうか、よかったね、つぐみ」

「うん！」

「ああ、そうだ。よかったらつぐみの相手をしていてくれないか？」

「え？」

父の提案に、思わず私が聞き返す。小春さんだけでも、いや、なんだったら一人でも問題ないのだけれど？

そう戸惑う私になにを思ったのか、虹君は小さなため息とともに、頷いた。

「まぁ、いいですよ。凛で慣れてますし」

「ありがとう。さ、つぐみ、いい子にしているんだよ」

「う、うん。わかった！　ダディ、マミィ、またあとで」

「ええ、またあとで」

……で、なんだか妙なことになってしまったなぁ。おずおずと顔を上げると、虹君の友達であろう少年が、虹君の肩を摑んで内緒話に興じていた。

といっても、会話内容を真剣に隠したいわけでもないのだろう。聞こえてくる声はなかなかの声量で、有り体に言えば丸聞こえだった。

「すっげぇ、妖精みたいじゃん。なぁ虹、どこで知り合ったんだよ」

「妹のダチだよ」

「妹も美少女だもんな、おまえ」

「そんなことより、いいのか？　田中。おまえ、植村に呼ばれてんだろ？」

「げっ。そうだった。あのハゲ課題多いんだよなぁ。じゃあね、妖精ちゃん！」

「え、あ、うん」

そう言って、虹君の快活そうなご友人は軽快に走り去っていった。残った虹君は、自販機横のベンチに私を連れてくると、隣に腰を下ろす。

「見るたびに覗いてるのな、おまえ」

「そのせつはごめいわくをおかけしました」

「別にいーけど」

私がぺこりと頭を下げると、虹君は気まずげに頰をかく。この年の頃の男の子って、なんだかとても不器用だ。それが妙にかわいらしくって、私は、気づけばくすくすと笑い声をこぼしてしまっていた。

凛ちゃんが、兄、兄、と懐くのもわかる気がする。

「なに笑ってんだよ」

「なんでもありません」

「っていうかさ、ガキが敬語使うなよ」

「ふふふ、うん、わかった」

「おまえさぁ」

ため息。細められた目。さらさらの黒い髪から覗く夜空のような瞳は、気まぐれな猫みたいだ。

「この年の女子ってのは、生意気になるようにできてんのか？」

「おんなのこはいろいろあるのです」

「そうだろうけど、そうじゃないだろ。凛はわかりやすい。金持ちだからか？　——ぁ」

虹君の戸惑いを感じて、首を傾げる。なんだろうと首をひねって、理由はすぐに思い至った。きっと、お金持ちであることを揶揄してしまい、良心の呵責が働いたのだろう。慌てる彼に気にしていないと告げるのは簡単だけれど、それだと気まずくなってしまいそうだ。

せっかくこんな利発な子と話せているのだし、ちょっと機転を利かせてみようかな。スイッチは、軽めに。汗を拭うふりをして稚気を隠す、友人の兄に。

「では、もしもわたしからおかねやティアラをはぎとったとき、あなたはどんなことばをくれるの？」

視線。天井を見ていた目を、思いついたように流し、虹君を見る。

発声。挑むような言葉。あなたは今、試されていると伝えるように。

表現。退屈・独占・歪んだ愛。それでも愛なのだと伝えるには？

ブレス。浅く吐かれた呼吸は、緊張を意味する。あなたなら、どう捉える？

「っ——……なにもないね」

一拍。視線を天井から私に戻すまでの一呼吸で、虹君は意図を汲む。

「へぇ？　でも、なにもないものからは、なにもでないよ。それでも？」

「ああ、そうだ。不幸にもオレは、言葉にするのがうまくない。それでも、オレの想いは言葉にするよりも豊かだ」

「そのしんじつのみをいだいて、とおきちへおいやられたとしても？」

「そうだ。そして一つ、明らかにしよう。オレが遠き地へ追いやられたとしても、それは欲望の目とおべんちゃらを滑る舌を持たぬが故であり、あなたを想う真実を失ったからではないということを」

背筋を伸ばし快活に告げる姿は、年相応と言うには大人びていた。悲劇の匂いのする題目を即座に呑み込んで、理解して、挑み返すように放つ力強い言葉。

この一言に、少しだけ、恥ずかしいな、と思う。彼が、ではない。無自覚の内に彼を見くびっていた私自身に。

せめて、彼の真摯な演技に、最後まで己を則ろう。

私は傲慢な王。

子供たちに己をおだてる言葉ばかりを求め、悲劇の内に死ぬ王だ。

誰よりもかわいがっていた末の子を、些細なことで追放してしまう、一人のさみしい狂人だ。

（ではあらためて――シーン、アクション）

さぁ、言葉のドレスを着せておくれ、わたしのかわいい子供たち。

竜胆大附属小学校・廊下（昼）
つぐみに裕福な家庭を揶揄する言葉を告げた虹は、自身の経験則と照らし合わせて身構える。

（あ、これは泣く）

とっさに出てきた言葉。それと、オレの経験則。だいたいぶっきらぼうに扱った女の子は泣いてしまうのだと、責め立てる良心の陰で、痛い目を見た記憶たちが口々にはやし立てた。

けれど、なんでだ。こいつは泣いたりわめいたりなんかすることもなく、飄々と返してきた。しかも、オレよりもエンジンがかかるのが早い。前回はオレから売ったケンカだった。今は、オレがケンカを売られている。そう思うと、高揚にも似た苛立ちが、マグマみたいに血管から心臓を駆け巡る。

（おもしれーじゃん）

オレの台詞に、空星つぐみは立ち上がる。ロミオとジュリエットみたいに離れて相対しているのに、ハムレットとレアティーズのように対照的だ。

「では、もうわたしにあなたのようなかぞくはいません」

瞳。冷たく凍った目。

愛しい子に向けるものではない。冷酷よりもなお強く、激しい狂気が渦巻いていた。これがさっきまで、楽しげに微笑んでいた少女と同じものだというのか。

前みたいなちぐはぐさも、ただ、今、この瞬間だけはほぼ感じない。人の目を見ることだけは確かな凛とすぐに友達になった少女が、なによりも〝悪〟を演じるのが巧いだとか、そんな幻想は信じない。

「ならば王よ、言ってくれ。オレがあなたの想いを失ったのは、口先だけの力を持たず、黙して動く有り様が不興であったのだと」

震える己を叱りつけるみたいに、オレは語気を強めて言い放つ。

「言いすがるな――くどい。すでに矢は、はなたれたのです。愛しかったそのたいく（体躯）も、こころねも、すべてわたしの呪いとなりました。その呪いだけをてにもつ（手荷物）に、どこへなりとゆきなさい」

それすらも、狂気の嵐の前では無意味だった。薄く引きつるようにあげられた口角は、見紛（みまが）うことのできない嘲笑だ。不興を買って追放される実の子を、あざ笑う表情だ。

「おまえなど、うまれてこなければよかったのです」

ほかのどれより、真に迫った言葉。闇だ。ああ、そうか、こいつ、闇を抱えているんだ。だったら、オレが負けてちゃだめだ。オレを誰だと思ってやがる。

闇の象徴、桐王鶫（きりおうつぐみ）に対照して例えられた、光の象徴、霧谷桜架（きりたにおうか）の再来にして、いずれはそれを超える男だ。

「ならば今は、涙を呑（の）んで別れよう。だが思い知れ。隠れた企（たくら）みはいつか光に晒（さら）され、誰でさえ悪を称（たた）えるものは、最後は痛みを受けることになるのだと」

沈黙。そうか、ここで引き下がるんだ。ああ、でもだめだ。オレはまだこいつに言ってやんなきゃいけないことがある。なんなのかよくわからないけれど、そう、重要な――ぁ。

「……」

「……」

「……？」

不意に、途切れた集中の間に視線を感じる。見回せば、腕を組んで見学しているつぐみの両親と、凛（りん）たちと、学長先生。

「つづけないのか？　兄」

「凛ちゃん、おそらくここでシーン区切りよ」

「おお、なるほど。さすがつぐみのおかあさん」

油を差し忘れたブリキ人形みたいに首を動かせば、もう、そこにはいつものあいつがいた。スイッチでも切ったみたいに、すっかり役の抜け落ちた、ただの空星（そらほし）つぐみだ。

……どういう切り替えしてんだこいつ。

「もうよかったのかい？　つぐみ」

「うん！　あそんでくれてありがとう、こーくん」

「お、おう」

なんでオレがこんなにモヤモヤしなきゃならないんだ。悪態をつく方向もよくわからなくて、ただ、また、汗を拭うふりをして天井を見上げる。ただ、胸の内からは、冷たく見下すあいつの姿が消えてくれなかった。

Scene 2

???（?）

息づかい。


——はぁ、はぁ、はぁ……。

暗がりの中を歩く。手に持つ懐中電灯は震え、軋む足下はおぼつかない。

――はぁ、はぁ、はぁ……。

見渡す視界はぼやけ、血の跡も見える。探り探りで歩くのも、もう限界だった。

――はぁ、はぁ、はぁ……ぐ、うぁ。

不意に、痛みからか、瞼（まぶた）を閉じる。目元を拭い、恐怖を振り払うように前を見て――

「ねぇ、どこへ行くの？」

――背後からかけられる声。振り向き、背に当たる手

「アハ、は、ハハハハハヒヒャヒヒヒヒヒッッッ」

暗転。

悲鳴。

雨音。

ノイズ。

「あわ、あわわわわ、あわわわわわわ」

「つぐみはへただなぁ」

「いや、はじめてにしてはいい」

口々に告げる幼い友達の声に、私は、ぐでーっとコントローラーを下ろした。

「こわい、こわいけどおもしろい。それいじょうにむずかしいよ、じゅりあちゃん」

学校見学の終わり。まだまだお昼時ということで、私たちは今、凛(りん)ちゃんの家でゲームをしているのです。

夜旗(よるはた)家・リビング（昼）

凛・珠里阿(じゅりあ)・美海(みみ)と共にテレビの前に並び、コントローラーを握るつぐみ。ここに至る経緯に思いを馳(は)せる。

結局あのあと、まだ学校に残るという虹君を置いて、私たちは凛ちゃんの家にお邪魔した。私の両親はこれから仕事（午前中を無理に空けてくれたみたいだ。申し訳ない）ということで、凛ちゃんの家には凛ちゃんのお父さん、夜旗万真さんのみが、ほんわかぽわぽわしながら私たちを迎えてくれた。

今日の私に負けず劣らずボーイッシュな格好の珠里阿ちゃんと、柔らかいスカートが目を引く女の子らしい格好の美海ちゃん。そして紺のワンピースでかわいらしくおしゃれをしていたのに、家に着くなり秒でジャージ姿に着替えた凛ちゃん。

平日の昼間。咲き始めの花盛り。微笑ましく見守る万真さんの前で、珠里阿ちゃんはどうどうとホラーゲームを広げて見せた。

「さ、どれからやる？」

「うぅ、や、やっぱりこわいのだ……」

「『バイオパンデミック9』がある！　これにしよ、じゅりあ」

「いいわね。つぐみもそれでいい？」

「うぅ、や、やっぱりこれ、こわくてゆうめいなやつだ」

女三人寄ればかしましい。子供のうちでも変わらないことは同性ながらよくわかっている。私は震える美海ちゃんの手をそっと摑んで、安心させるように微笑んだ。

「つぐみちゃん……いっしょに、せっとくをしてくれる――」

「だいじょうぶ、みんなでやればこわくない」

「――だよね、しってた」

諦めの表情で、凛ちゃんの家にあったよくわからないキャラクターのクッションを抱きしめる美海ちゃん。なんとなく、「慣れているんだろうなぁ」と思わせてくれる表情だ。

「これってどこになにをいれるの？」

「そこからなのか」

「じゅりあ、つぐみはちょっとばばくさいんだ」

「うぐっ」

今度は、くの字になった私を美海ちゃんが慰めてくれる。優しい子だね、美海ちゃん……。


そして、時間は冒頭に戻る。


まずは映像にびっくり。

次に、操作の複雑さにきょどきょど。

そしてそして、想像以上の恐怖演出にニヤリ。

血湧き肉躍る時間だったことには間違いないのだけれど、いかんせん、ゲームというものが下手すぎた。珠里阿ちゃん曰く、「センスがない」らしい。ゲームのセンスとは。

せっかくだから休憩にしよう、と、凛ちゃんがお菓子とジュースを持ってきてくれた。この年頃の子供のお菓子と言えば駄菓子のイメージだったけれど、並ぶのは上品なチョコレートやポテトチップスだ。

「ひゃっかてんでかったの？」

「え、えっと、モールのこと？　ううん。コンビニにうってるよ？」

「わすれそうになるけど、つぐみっておかねもちのオジョーサマだから」

「いや、りん。あんな車でおくってもらっておいて、わすれるか？　フツー」

コンビニに売ってるんだね……。いやそうか、生まれ変わってから、親と一緒でもコンビニは行ったことないなぁ。

前世でも実のところ、あんまり行ってないのだけれどね。だって、八百屋さんや肉屋さんと仲良くなって端材を売ってもらった方が安かったし、お茶はドクダミ茶を煎じて飲む最終手段もあったけど、結局、水があれば生きられたしね。コピー機は図書館、映像は当時の女優仲間の多恵ちゃんにダビングしてもらった。いやぁ、懐かしい。

「ほいくえんとか、いったことなさそうだよな、つぐみって」

「うん、じゅりあちゃんせいかいです」

記憶を掘り返せば、そのあたりは御門さん（小春さんのお母さん）がやってくれていた。つまるところ、御門さんが私の乳母なのだ。保育園行くよりも安全だよね。まぁ、早めにつけた家庭教師はあんなことになってしまったのだけれど。

「三人は、ほいくえんでであったの？」

「いんや。もっとまえ」

「わ、わたしのおかあさんと、じゅりあちゃんのおかあさんがともだちなの」

「わたしのは<< ははとみみのははも、ともだちなんだ」

なら、美海（みみ）ちゃんのお母さんがみんなの架け橋になったんだ。美海ちゃんのお母さんも、美海ちゃんと同じで優しい方なのだろう。

「わ、わたしのおかあさん、いろっぽいとかよく言われるんだけど、おうちではけっこうぽやぽやしてて、やさしいんだ」

「だから、みみちゃんもやさしいんだ」

間髪（かんはつ）入れずにそう告げると、美海ちゃんはあわあわと手と首を振る。

「わ、わたしなんかぜんぜんやさしくないよぅ、つぐみちゃん」

「でもさっき、なぐさめてくれたよ？」

「あ、あれは、その、ぅぅ」

顔を真っ赤にしてしまう美海ちゃんの背を、ぽんぽんと叩く凛ちゃん。そんな美海ちゃんを見て笑う珠里阿（じゅりあ）ちゃん。珠里阿ちゃんはひとしきり笑うと、少しだけさびしそうに目を伏せた。

「うち、むかしからおかあさんいそがしくってさ。ぜんぜんいえにいないから、みみのおばさんがメンドーみてくれたんだ」

女優さんだもんなぁ。忙しいかぁ。しかし、忙しいと言われる女優さんと聞くと、代表作が知りたくなるのは女優の性だ。確か、朝代早月さんといったかな。あとで、図書館に連れて行ってもらおう。

ん、いや、携帯電話で調べられるか。だめだな、選択肢のとっかかりに携帯電話で調べられるということが出てこないよ……。

「みんなのごりょうしんの、デビューさくとかって、わかる？」

おずおずと聞くと、まず、凛ちゃんが手を上げる。

「はい！」

「はい、りんちゃん」

「母のデビューさくは、ない！」

あまりの勢いにずっこけそうになる身体を苦笑で抑える。そういや真帆さんは、アナウンサーだったっけ。そう、凛ちゃんに聞くと、凛ちゃんは「そうだぞ」と頷いた。

「父のは、『たんてい・ひなたゆうまのじけんぼ』だったはず」

「か、かっこよかったよねぇ、かずまさん。おとなのいろけ！　きんだんのこい！」

勢いよく答えた凛ちゃんに、それ以上の熱量で追従する美海ちゃん。禁断の恋、禁断の恋かあ、濃いなぁ。

「わ、わたしのおかあさんのデビューさくは、『つばき ～あいえつのおうせ～』だよ」

「しってる。父がいってた。〝ひるドラはりんにははやい〟って」

あ、愛悦の逢瀬(おうせ)……？　前世から、昼ドラの感じって変わってないんだなぁ。キラキラした目で語る美海ちゃんは、本当に、お母さんの演技が好きなのだろう。情熱が伝わるようですらあった。

「じゅりあちゃんは？」

「うちか？　うちは――ううん、だめだ。いっちゃ、だめなんだ」

「……え？」

珠里阿(じゅりあ)ちゃんはそう言うと、さっきまで楽しげに会話に参加していたのに、苦しさをごまかすように、眉を下げて苦く笑った。

「おかあさん、すっごいやくしゃだったのに……ほんとうに、すごかったのに、だれにもしられたくないんだ」

珠里阿ちゃんの言葉は、どこか寂しげだ。そんな珠里阿ちゃんになんて声をかけたら良いかわからず、とりあえず、当たり障りのないことを聞いてみた。

「……きらいなやくが、デビューさくなの？」

「うん。あたしはすきなんだけどなぁ」

そう、膝を抱きしめて言葉をこぼす珠里阿ちゃんの瞳は、蛍光灯の光を避けるように暗く沈んでいた。今にも、壊れてしまいそうなほど。

「……じゅりあちゃんがすきなものなら、わたしもすきになりたいなぁ」

「つぐみ？」

「だって、ともだちだからね。ともだちのすきなものは、しりたいよ。ね？」

小さくてふにふにな手だ。私と同じ、子供の手だ。こんな手が力なく下がっているなんて、私はあんまり好きじゃないなぁ、なんて、格好つけすぎかな。そんな風に、精いっぱいに珠里阿ちゃんに笑いかけると、なんでか、凛ちゃんと美海ちゃんの声を拾った。

「つぐみはやっぱり、すごいやつだ」

「う、うん――そうだね。すごく、すごい」

二人の声はむずがゆいけれど、ひとまず今は珠里阿ちゃんだ。珠里阿ちゃんは幾ばくかの逡巡を見せ、それから、うん、と頷いてくれた。

顔を上げた珠里阿ちゃんの表情に、さっきまでの痛々しさはない。親指でぐいっと目元を拭うと、いつもの珠里阿ちゃんの姿があった。

「そうやってオンナノコにやさしくするオトナに、ろくなやつはいないっておかあさんがいってたけど、つぐみならセーフだな！」

早月さん……娘さんになにを教えているんですか。

「あ、でも、ヒトにはタイトルはないしょだぞ！　ともだちのちかいだからな！」

「うん、もちろん！」

「わたしもまもる」

「わ、わたしだって！」

私の返事に続いて、凛ちゃんと美海ちゃんもすくっと立ち上がり声を上げてくれる。

「で、タイトルは……」

――♪

と、告げようとしたところで、どこか聞いたことのあるメロディが流れる。これって確か、前世の私が出演した作品、『悪果の淵』のメインテーマだ。ほんとにホラー好きなんだね……。

「ちょっとごめん――もしもし、おかあさん？」

『――』

「うん。りんのいえ」

『――』

「え！　ほんと!?」

『――』

「うん！　すぐいく!!」

『――』

どんなやりとりがあったのか、想像はつく。それでも、満面の笑みになった珠里阿ちゃんと喜びの共有がしたくて、問いかけた。

「どうしたの？」

「おかあさん、うちあわせがはやくおわったから、きょうはいっしょにゴハンたべられるんだって!!」

「そうなんだ！　よかったね、じゅりあちゃん！」

「うんっ。もうそこまでむかえにきてくれているから、あたし、いってくる！」

珠里阿(じゅりあ)ちゃんはそう言うと、慌てて服を着て、「ゲームはかす(貸)！」と叫んで走っていった。

どうやら、車を家の前につけてくれたみたいで、玄関の方から聞こえてくる声から察するに、到着した早月(さつき)さんが凛(りん)ちゃんのお父さんにお礼を言っているようだ。

珠里阿ちゃんは猛ダッシュでリビングを飛び出して、それから大きくつんのめりながらUターン。私たちの方へ走り寄るとすぐさま身を屈め、こっそりと、私たちに聞こえるように声を潜めた。

「『りゅうのはか』」

「え？」

「ナイショだかんな！」

そう、今度こそ、珠里阿ちゃんは飛び出した。

「げんきだな」

「り、りんちゃんも、たいがいだよね」

「?」

二人の声。

でも、どこか、遠くから聞こえるような錯覚。

だって、そのタイトルは――。

「『りゅうのはか』……?」

かつて、前世の私、桐王鶫（きりおうつぐみ）も出演していた作品であったのだから。

Scene 3

夜旗家（よるはた）・リビング（昼）
珠里阿を見送ったつぐみは、彼女が去り際に告げた『竜の墓』というタイトルの作品を振り返る。

一九八五年。当時、私は十五歳のなにも持たない少女で、端役で口に糊(のり)する生活を送っていた。当時はなにをするにも勉強だと思って、空いた時間は本を読んだり映像を見たり、あるいは街を彷徨(さまよ)い歩いたりしていたのだが、そんな中、電柱に貼り付けられた滲(にじ)んだチラシを見つけて、その、小さな制作会社が行った小規模なオーディションに応募したことがある。

当時は、主役は決まっていたがそれ以外が決まっていないというなんとも花のないオーディションで、集まってきた人間も書類選考でとりあえず通し、制作会議で役者の得意分野に会わせた役を決める、というものだった。

とはいえ、その時点で選べる役なんか微々たるものだ。悪霊、悪役、被害者、主役の友人。そもそも話の方向性も極道もので、登場人物はろくなことにならない。それでも、今燻(くすぶ)っていて、本当に売れたい人間が集まった。だからこそ、メイクで顔を隠し、役者として顔を売ることができない悪霊役が一番の不人気だった。

(うーん……)

それが、『竜の墓』という映画だ。

私が悪霊役としてデビューした作品だ。

(朝代早月(あさしろさつき)、朝代早月……だめだ、出てこない)

それでも主要人物はなかなかの顔ぶれで、制作会社がなけなしのお金をはたいて雇った方々だ。主演はVシネマの名優、昔気質(むかしかたぎ)な硬派な演技が様になっていた、当時二十五歳の楠王座(くすのきおうざ)

さん。王座さんはオープニングで死んでしまうのだけれど、以降は回想という扱いで物語のキーパーソンとなる。もう一人が、訳のわからぬままに楠さんを殺害してしまい、逃亡生活を送ることになる甲田陸さんだ。二つの軸から現在と過去を演出していく構成である。

悪霊役で先代組長の娘。十六歳で結婚して十八歳で殺された悲劇の少女、伊都子を演じたのが私。楠さん演じる蕪総三郎と共謀して伊都子を殺した美乃利役に、当時、Vシネマで極道の妻を演じられていた女優、閏井松子さん。総三郎と美乃利の娘で、伊都子の年の離れた文通友達、愛をいじめる瑠美子役に、笠羽サラちゃん。愛役が三河美保ちゃん。

年齢的にあり得るのは、この、サラちゃんか美保ちゃんだろう。当時、八歳だったが十二歳の役を演じたサラちゃんは、それはもういい演技をする子だった。一方、当時十二歳だったが小柄だったので八歳の女の子を演じた美保ちゃんは、まだまだ原石という印象が強かった。

今は……サラちゃんは四三歳、美保ちゃんは四七歳。年下の女の子だったのに、もう、前世の私よりも年上なんだね。

「つぐみ」

「(そうなると、芸名は確実に変えているよね)」

「つぐみ」

「(美保ちゃんかサラちゃんか)」

「つぐみ」

「(役が嫌いだった。なら、美保ちゃんなのかな？　でもなぁ)」

「つぐみ……しょうがないな。えい」

「(あの子がそんな――――)うっひゃぅっ！！？」

つぅ、と撫でられた脇腹の感触に、思わず飛び上がる。我に返って振り向けば、指を立てた凛ちゃんと、苦笑する美海ちゃん。

「つぐみはわきがあまい」

「そ、それそういういみじゃないとおもうよ、りんちゃん」

し、心臓が破裂するかと思った。得意げな凛ちゃんの指をそっと掴みながら、なんとか息を整える。

「へんじがなかったぞ、つぐみ」

「……ぁ。それはえっと、ごめんなさい」

「いいよ。つぐみはともだちだから」

「うん、ありがとう？」

あれ、なんかうまくごまかされた気がするぞ……？

六歳児にごまかされるなんてどうなのさと思わなくもないけれど、逆に、追及するほどのことでもない。苦笑する美海ちゃんに慰められながら、飄々とした凛ちゃんの姿に我を取り戻した。

「つぐみは、どうしたいんだ?」

「どう、したい?」

「ははがよくいうんだ。もやもやしたら、なんで? ってじぶんにきけって」

何故(なぜ)、何故か。きっと、私(つぐみ)は、今世で初めてできた友人の憂いを晴らしてあげたいと思っている。だってあんなにお母さんが好きな子が、お母さんの作品を好きって言えないなんて辛すぎるから。でも、お節介だって言うのもわかってる。

それから、そう、私(鶫)はきっと、『竜の墓』に出演した仲間のその後を、案じている。あの作品を撮影している最中は、誰もが必死だった。最初はなぁなぁから始まって、結局は誰もが自分を出し切って、クランクアップでは肩を抱き合って泣いた。あの作品が嫌いになってしまったというのなら、私はその、理由が知りたい。

「なんで」

「うん」

「なんで、じゅりあちゃんのおかあさんは、『りゅうのはか』がきらいなんだろう」

迷う感情は、自然とこぼれた。

「じゃ、『りゅうのはか』をみてみよう」

凛ちゃんは誇らしげに胸を張っていて、美海ちゃんはそんな凛ちゃんを尊敬の眼差(まなざ)しで見つめている。この子はほんとうに、予想のつかない子だ。将来が楽しみなような、恐ろしいような。

「えっ⁉　こ、こわいえいがなんだよね、それ」

「だいじょうぶ。むかしのえいがって――いまのえいがほど、こわくないらしいから」

……。

「うん。えいぞうはあらいし」

「そ、そうなの？」

………。

「えんぎはふるいし」

…………。

「CGがないえいがなんて、ぜんぜんこわくないよ」

「そうなんだ！　そ、それなら見てみようかな」

…………。

「……………………――へぇ？」

ふぅん、そうなんだぁ？

「ん？　なんかさむけが」

「や、やめてよぉ、りんちゃん……」

特別ホラーが好きという珠里阿ちゃんはともかく、普通の五歳児はホラー映画なんか見ないのだろう。それならやっぱり、ホラー映画を見てもらう、というのが、百の言葉よりもわかりやすいんじゃないかな。もちろん、友達だからね、『紗椰』を見ろとは言わないよ。

でも、『悪果の淵』くらいだったら、後味も悪くないんじゃないかなぁ。やっぱりほら、下馬評で映像の価値を決めるのってよくないし。

「父にDVDないかきいてくる！」

凛ちゃんはそう、リビングから出てトコトコと別の部屋へ走り、万真さんを連れて戻ってきた。万真さんは凛ちゃんに合わせて体軀を屈め、よろよろと歩きながら苦笑する。その手に持つ薄いパッケージが、DVDだろう。

VHSじゃないんだね……いや、それはいいか。

「いや、困ったな。いいかい、みんな。この映画はみんなは見られないんだ」

苦笑する万真さんは、そう、パッケージを見せてくれる。しかし、見られないとはなんだろう。ツメを折り忘れて上書きしたとか？ いや、DVDだとないか。首をひねる私とちょっとだけ安心した様子の美海ちゃん。

「ええー！ なんでだ父！」

そして、誰より早く疑問を言葉にする凛ちゃん。

「ほら、ここ。読めるか？」

「んーと、あーる、じゅうご？」

あ。

「そう。十五歳未満は見ちゃいけないんだよ」

頬をパンパンに膨らませる凛ちゃんには悪いけれど、言われてみれば仕方がない。私だって自分が大人の立場だったら、十五禁の映画を五歳児と六歳児に見せようとはしないことだろう。

……珠里阿ちゃんは見てたみたいだけど、どうやったんだろうか。

「じゃあわたし、いまから十五さいになる！」

「りんちゃん、そ、それ、どうやるの……」

「つぐみ！　十五さいのサンプルくれ！」

「そっか、サンプルね……って、ええ……」

無茶なことを言い出した凛ちゃんを苦笑しながら眺める万真さん。もう諦めようよ、と言いたげな美海ちゃん。諦めきれない凛ちゃん。私としては良識のある立場から、自分の欲を優先して彼女たちに十五禁のルールを大人の前で破らせたいとは思わない。今にして思えば、『竜の墓』ってけっこうギリギリなシーンもあったからね。

もしもこれが原因で彼女たちがグレてスケバンにでもなってしまったら目も当てられない。引き摺るくらいの長いスカート、ヘソ出しのセーラー服。熱湯をかけてぺしゃんこに潰した学生鞄に鉄板を仕込んで喧嘩三昧……だ、だめだ。絶対だめだ。

「ね、ねぇ、やっぱり、あきらめ──」

「いや、まだだ」

「──りんちゃん……?」

止めようとした美海ちゃんを遮るように、凛ちゃんが声を上げる。なんだろう、こう、ちょっと嫌な予感がする。このまま終わり……なんてことにはならなさそうな、そんな予感が。

「ちょうどここに、役しゃが三にんもいるんだ。だれかが父に十五さいだってみとめられたらいい!」

「へ?」

凛ちゃんの思いがけない言葉に、思わず石像のように固まってしまった。思わず視線を万真さんに流せば、万真さんもまた口を挟むタイミングを失って空を仰いでいる。

「みみ、やるならどんな十五さいが良いとおもう?」

「え、えっと、そうだ、かずまさんがせんせいで、わたしたちがせいと、とか、それで、えっと」

「うんうん。なるほど、さすがみみだ」

凛ちゃんはそうやって、期待の眼差し(まなざ)しで美海ちゃんを見る。美海ちゃんは凛ちゃんのそんな純粋な視線にたじろぎながらも、少しずつヒートアップしようとしていた。

……けれど、それを見逃す万真さんでもないのだろう。万真さんはすかさず、私たちを制止するように声を上げて。

「迷うようなら、さ、今日はもうおうちに――」

「せんせいにはきっと、いらないけどしかたなくコンヤクしてるひとがいて、わたしたちにはせんせいしかいないのにせんせいは好きでもないひとのことばかり言うんだよねそれでわたしたちはせんせいの家におしかけちゃってキンダンの恋あわわわわわ！」

「――に、に？」

万真（かずま）さんの意見はあっさりと押し流された。ぱくぱくと口を開閉させる万真さん。止まらない美海（みみ）ちゃん。満足げに頷（うなず）く凛（りん）ちゃん。

……でも、うん。ここまでお膳立てをして貰（もら）っておいて、退くなんてあり得ないよね。だってほら、私だって根っからの女優なのだ。求められた場で、全力を出すことなく逃げるなんて、天地神明（てんちしんめい）に誓って、私自身が許さない。

「いや、待って、だとしても親子で恋愛演技をやるのはどうなのかな？　ここは素直に」

「たしかに。じゃ、わたしはカメラマンとカントクやる」

「え、ええ、じゃあわたしはつぐみちゃんと、かずまさんと、キンダンの恋……あわわわ、がんばります！」

凛ちゃんはそう、万真さんが二の句を告げる前にさっと状況を整えてしまった。彼女はそのまま迅速に携帯電話で撮影準備を始め、美海ちゃんは大きく深呼吸。私はその光景を前に胸中で万真さんへ合掌しながらも、頭の中は演技のことでいっぱいだった。

「はぁ、わかったわかった。根負けしたよ。しょうがない、付き合おう」

「あ、ありがとうございますっ」

「ありがとう、父」

「うん、はは、いや、うん。まぁ良いけどね……？」

万真さんもついには折れて、了承してしまう。いやでも、結局のところ、女児二人で十五歳を演じるというのもふわふわとしすぎているし……ここは、将来ある子供たちが道を踏み外さないためにも、私はサポートに徹した方が良いかな。

「じゃあこのままリビングで、父がせんせい」

「はいはい。よろしくね、可愛い監督さん。ああ、そうだ、スマホの電源は切っておこうか」

そういって、万真さんはスマートフォンを取り出して操作する。ちゃんと向き合ってくれると言うことだろう。優しい方だ。

リビングの端。ここまで、と決めたラインから外側を〝舞台袖〟、内側を〝舞台〟ということにして、まずは二人で入る。先生に促されて席に着いたときから、勝負のスタートだ。凛ちゃんが目配せをしてそれに私たちが頷くと、凛ちゃんは三脚をつけたスマートフォンのスイッチを入れた。

私も準備を……特別することもないので、持ってきたポーチを抱えておく。なにか、小道具として使えるかも知れないからね。

「よーし、じゃ、タイトルは〝きんだんのこい〟で、シーン――アクション！」
よし、ではスイッチは緩めに。先生が好きな女の子たちで押しかけてしまった。そんな感じで行こうかな。

「よく来たね。さ、座って」

押しかけたというからには、まずは邪険に扱われるだろう。なんとなくそんな風に考えていた私の予想を裏切って、万真さんは優しく私たちを迎え入れた。
大きなソファーに万真さん。ガラスのローテーブルを挟んで私と美海ちゃんが並んで座る。少し近いとすら感じる距離だ。隣で小さく息を呑んだ美海ちゃんの緊張が、私に伝わるようだった。

「今、飲み物を出そう。ジュースで良いかい？　確か、美海ちゃんはオレンジジュースが好きだったよね？」
「え、あ、は、はい」

とっさに答える美海ちゃん。混乱から抜けきらないうちに、そっと行われる絶妙な〝子供扱い〟に舌を巻く。これは、ちょっとフォローが必要かな。

「先生」

「ん？　どうしたんだい？　つぐみちゃん」

「子供扱い、しないでください」

「ははは、ごめんごめん。ちっちゃくても女の子だもんな」

私の「子供扱い」という言葉で、美海ちゃんはさっき自分が乗せられたことに気がついてはっと目を見張る。万真さんはそれでも笑顔を崩さない。どう反論しても、優しく包み込むような態度に隙を見せない。さすが、虹君を育てた人。さすが、高視聴率が狙える月九の常連。並の演技では、彼の牙城を崩せない……！

「せ、せんせい、せんせいはケッコンしちゃうの？」

「ああ――そうだよ、美海ちゃん。結婚の約束をしている人がいるんだ」

「えーと、えーと、で、でも、ケッコンしたらあそべなくなるよ？」

美海ちゃんは身を乗り出して、そう告げる。遊べなくなる、とはよくいったものだ。声を沈ませ、唇を噛み、震えるように告げる言葉。彼女のお母さんは、確か、昼メロドラマで妖艶な役を自在にこなすことができる役者さん、だったかな。もちろん、美海ちゃんの努力もあるのだろう。けれど同時に、そう——血の成せる技。そんな言葉が脳裏を過る。

「いいや、遊びに来ても良いよ」
「え？」
「彼女も、きっと歓迎してくれるからね」
「ぁ」

けれど、身を乗り出した美海ちゃんを脇からすくい上げて座り直させると、万真さんはそっと彼女の頭を撫でた。どれもこれも、十五歳の女の子相手にはできない動きだ。そして、それを受け入れてしまった時点で、心理戦で負けている。どうにか、どうにかしないと。

でも、どうする？　どうしたら、徹頭徹尾子供扱いされているこの状況を覆すことができる？

「さて、遊びに来てくれるのは良いけれど、そろそろ帰る時間じゃないか？　ほら」

ほら、と言われて壁を指差され、とっさにそちらに視線を向ける。

「五時の時報だ」

五時の時報。それを疑問に思う前に鳴る、夕焼け小焼けのメロディ。

「お母さんが心配する。そうだろう?」

鳴っている先は、万真さんの手元だ。

「ね?」

「あ、ほんとだ。も、もう五じ?」

思わず、少しだけ腰を浮かす美海ちゃん。けれど美海ちゃんはそうして直ぐに、時計の針が五時より前であることに気がついた。けれど、一度乗ってしまった流れは覆せない。やり込められたことに気がついた美海ちゃんが呆然とする隙を縫って、万真さんは笑みを浮かべた。

「じゃ、また明日」

「は――……い」

いつ、音楽を用意したのか？　簡単だ。万真さんは携帯電話の電源を切る、と言ったのに音楽は流れている。あのとき流れるように設定し、壁に目を向けたときに再生ボタンを押したのだろう。

なんということはない。最初から最後まで、私たちは万真さんの手のひらの上で踊っていたに過ぎないんだ。

これが、夜旗万真。月九の貴公子……！

促されて、もうこれ以上足掻くことができないことを悟る。これで良かったんじゃないのか？　結局、『竜の墓』を子供たちに見せずに済んだ。それでいいじゃないか。けれど、心のどこかで納得できないような、もやもやとしたものが胸にこびりつく。

席を立って、二人並んで意気消沈しながら舞台袖に歩く。ここから出たら、何があろうと舞台は終わりだ。終わって良いのかな。でも、ここから何ができる？　そう、逡巡と迷いを振り切れずに頭を振って――それが、目に入った。

「やっぱり、だめか……父はすごいもんな……」

小さな声だ。私の耳でなければきっと、聞き逃していたであろう声だ。凛ちゃんの呟き。寂しげに伏せられた目と、意気消沈した声。

観客が、望む舞台を見られなくて失望している。その事実は、私の、私自身の甘ったれた演技に対する怒りという形で、ごうごうと燃え上がった。

『誰もが無理だと思っている状況で、期待の一つも叶えられず、なにが女優か』

考えろ。考えろ。考えろ――空星つぐみ。

演技を求められている。なにものかになることを望まれている。そんな、子供の願い一つに応えられず、どうして女優が名乗れようか。

最初、美海ちゃんはなんと言った？　どういう演技を求めた？　なにに、なりたいといった？

『せんせいにはきっと、いらないけどしかたなくコンヤクしてるひとがいて、わたしたちにはせんせいしかいないのにせんせいは好きでもないひとのことばかり言うんだよねそれでわたしたちはせんせいの家におしかけちゃってキンダンの恋あわわわわわ！』

恋、恋か。禁断の恋。求める恋。

くるい欲する愛情の、痛み嘆く激情の、病み壊れる恍惚の。

万真さんは虹君と凛ちゃんを足して大人にしたような、甘いマスクの貴公子だ。きっと、先生だったらモテるんだろうなぁ。私は生徒で、結婚はまだできないけれど、あと一年も経てば法的に女だと認められる。先生のためならきっとなんでもできるし、なんでもしてあげられる。それが・・・愛だから。

先生には親の命令で許嫁（いいなずけ）がいる。でも、私には先生しかいない。先生だけしか見えなくて、先生のためならなんでもできるしなんでもしてあげられる。

でも、先生は許嫁がいるからと、互いに視線を外に向けているのに、恋人みたいに寄り添った写真ばかりを見せつけて、私のことを煙に巻く。

だったら、先生。

私が、その女（許嫁）のこと、忘れさせてあげるね。


「美海（みみ）ちゃん。私、ちょっと忘れ物をしちゃったから、先に帰っていて」

「わ、わかった、けれど……忘れもの？」

「うん、そう。とても大事なモノなんだ」


逃げようなんて、考えられなくしてあげる。

夜旗（よるはた）家・リビング（昼）
体よく美海とつぐみをあしらった万真（かずま）は、うまく事が運んだことに胸を撫（な）で下ろす。

(さて、どうしたものかな……)

成り行きを見守らず、書斎に戻って読みかけの小説を手に取ったのが運の尽きか。珠里阿ちゃんを早月さんのところにお連れして、三人だけなら騒ぎもないだろうと油断した。蓋を開けてみれば、女の子特有のコロコロ変わる話題に突っ込みを入れることもできず、いつの間にか、五歳の女の子と〝禁断の恋〟の相手役をやらされようとしていた。

もちろん、凜があれほど言う相手の演技力を見てみたくなかったといえば嘘になる。ぼくらの子はどちらも優秀だが、未だ開花していない凜はともかく、霧谷桜架の再来なんて呼ばれている虹を上回りかねないなんて、面白すぎる。

(子供たちの前でお遊戯会の王子様役なんて恥ずかしい、けれどなぁ)

わくわく、と、擬音が聞こえてきそうなほど胸を膨らませて期待する凜の顔を見ていると、断れる気がしない。なにより、凜の勉強になるかもしれないと思うと、父親として中途半端なことはできないな、とも思う。

なにせ、親のひいき目を入れたとしても、凜の才能はすさまじい。これで彼女が開花するきっかけになれば、親としても役者としても冥利に尽きるだろう。

(世界が変わる。凜が言うのでなければ子供の目線と侮れたけど、さて、この子は本物かまがい物か。いずれにせよ、即興劇をやるんなら、せめてこの子が恥をかかないように向き合ってあげようと思ったんだけれど……期待外れだったかな？）

結局、徹頭徹尾、ぼくがとっさに描いたプランに乗ってくれた。つぐみちゃんは確かにちょっとだけ大人びた仕草を見せたけれど、それだけだ。凛が大げさに言った、というのが有力かな——なんて、思っていたのだけれど。

「美海ちゃん。私、ちょっと忘れ物をしちゃったから、先に帰っていて」

聞こえてきた言葉に、首を傾げる。まだ、続ける気か？　もう終わりだと言ってもいいけれど、つい促されて舞台袖に出てしまった美海ちゃんはともかく、つぐみちゃんは舞台の内側だ。

「わ、わかった、けれど……忘れもの？」

「うん、そう。とても大事なモノなんだ」

そう言って、つぐみちゃんは振り返って歩いてくる。

さて、次はどんな先生で行こうか。まぁ、相手のやりたい感じに合わせればいいか。夜旗の人間は、そういうのが得意なんだし。

ただ、二度目まで甘くするのは微妙だろう。つぐみちゃんには悪いけれど、次は少し冷たく行かせて貰うよ。真帆にバレたら色んな意味で怖いけれど、それはとりあえず考えないようにしよう。うん。

さて、今度こそ……お手並み拝見。ぼくはともかく、凜を失望させないでくれよ、つぐみちゃん？

「――ご迷惑でしたか？」

気遣う態度。忘れ物、というのは方便か。なるほど、それは少し子供っぽくない気遣いだ。

ぼくは彼女を正面のソファーに座るよう促してから。大きくため息をついた。

「そうだね。押しかけてくるのは、いいとは言えないよ」

「ごめんなさい、先生。でも、わたし」

「君は、忘れ物を取りに来た。だから、これを飲んだら帰りなさい。いいね？」

空のコップを置く。演技の内容によってはひっくり返ることはよくあるからね。リビングの絨毯を汚したら、真帆になんて言われるかわかったものじゃない。

つぐみちゃんはうつむいている。前髪で目元を隠して、意気消沈しているように見えた。なるほど、衝動で戻ったはいいけれど、叱責されて落ち込んでいるのか。なら、このあとの展開は読めちゃうかな。告白して、断られて、諦める。もしくは泣く。子役の即興劇なら、落とし所はこんなところだろう。

「教えて欲しいことが、あるんです」

「授業でわからないことがあったのかい？　良いよ。なにがわからなかった？」

優しく微笑む。告白しやすいよう、状況を整えてあげよう。つぐみちゃんはまだうつむいた

ままだ。目線は見えず、声は平坦。緊張か高揚か、もう少し感情を乗せた方がいい場面だろう。

まぁ、指導はフィードバックでやればいい。今は、最後まで付き合ってあげないと。

「先生は、ほんとうに、許嫁さんのことが好きなんですか？」

平坦。なにか意図があるのか？　でも、凛の言うように、世界が変わる感覚は受けない。役

柄によって条件があるのか？

まぁいい。婚約者よりも自分の方が先生を愛している、と、そういった方向に持って行きた

いんだろうね。それならそれで、合わせてあげよう。

……にしても、許嫁って言い回し、古くない？

「ああ、もちろん。ぼくは彼女のことが好きだよ」
「ふぅん。――ぁ、お水、いただきますね？」
「あ、ああ」

水？　ああ、聞きたくないのか。ごまかして、意識をそらそうということか。うんうん。なるほど、巧いかもしれない。

「あっ」
「あ」

平然と伸ばされた手は、けれど、緊張からかコップを倒してしまう。慌てて立ち上がった彼女は机を回り込んで、ポーチから取り出したハンカチで汚れを拭おうとする。倒れたコップはぼくの方角。なるほど、ハンカチでズボンを拭おうとして、手と手が触れあうシーンか。
わかる、わかるよ。ぼくも散々、真帆に恥ずかしい台詞や仕草をやらされた。女の子ってそういうの、すごく好きだよね。ううん、これも凛のためだ。恥ずかしがる訳にもいかないよ。

「ごめんなさい、先生。すぐにきれいにしますね」

「いや、いいよ。自分で拭くから、と」

タイミングを合わせて手を伸ばす。けれど、やはり緊張だろうか？　ハンカチはつぐみちゃんの手からするりとこぼれ、ぼくの足下に落ちてしまった。

「そそっかしいな」

そう、手を伸ばし。

「——あは」

ぞくり、と、なにかが背筋を這う。顔を上げるよりも早く、下を向いた頭が抱きしめられた。

「つかまえた」

小さな手。

薄い体軀。

花のような香り。

「先生がわるいんですよ——愛してもいない女なんかと、私を比べるから」

「離し——」

「はい、どうぞ」


体を離そうと身を引くと、ソファーの背に押しつけられる。幼い子の力でもできることだ。力を入れた方向に、離そうとした方向にアシストしてやればいい。そうしているうちに彼女はぼくの足の間に膝を置き、猫のように体をくねらせ、ためらいのない手つきでぼくの胸に小指から四指を置く。

その、ずっと前髪で隠していた表情は、悟らせないように、悟らせないようにと伏せられていた貌は、情欲と恋慕にゆがめられ、歪な三日月をかたどっていた。

どうする？　どうする？　どうする？　いいや、まずは引き剝がさないと。生徒、それも女児に、手を出すわけにはいかない。

「先生が突き飛ばしたら、私、頭を打ってしんじゃうかもしれませんね？」

思考が行動に出る一歩手前、絶妙なタイミングで考えを否定されると、思考は一度止まってしまう。それは、人間は考えを否定されることに拒否反応を覚える心理から来ているのだと、昔、講師に習ったことがあった。

だめだ。流されるな。教師の立場はどうなる。家のことは？　彼女（許嫁）にはなんて説明する気だ。だから、突っぱねて。

「立場も、お金も、生まれも、しがらみも、忘れてしまえばいいんです」

まただ。

また、遮られる。聞き分けのない子供を見るように、薄くゆがめられた瞳だ。魔性の目だ。

「ぼく、は」

囁（ささや）かれる言葉。興奮でうわずる声。熱を持ったのは、ぼくの胸か、彼女の手か。

「ぜんぶ私が、忘れさせてあげます。だから――」

彼女の小さな手が、彼女自身の淡い桃色の唇をなぞる。

「――どうか、私に溺(おぼ)れて。私の愛おしい、私だけのセンセイ」

その指が、ぼくの唇を、艶やかになぞった。

「――カット!」

熱が引く。
いつもの、無邪気な目の、優しげで申し訳なさそうな、所作のきれいな少女。
「ありがとうございました!　あの、はしたないことをしてしまい、もうしわけありません」
「――……ぁ、ああ、いや、いいんだよ。演技でのことだからね」
「そうですか?　よかったぁ」
これは、なんだ。なにが起こったんだ?　もちろん、いくらなんでもこれほど年の離れた女の子に妙な気は起こさない。けれど、問題はそうではない。違和感はそこではない。

いや、そうだ――ぼくはあの瞬間、娘の友達に演技指導する父親ではなく、たしかに〝夜旗万真〟という名前の、一人の教師だった。

（世界が変わる？　そんな、生易しいものじゃない）

感受性が高ければ高いほど、そのイメージの〝逆流〟はすさまじいものになるだろう。卓越したセンス。演技によって他者を巻き込む才能と技術。たった五歳で？

（ぼくは今、確かに――彼女の世界に、呑み込まれた）

娘たちと会話を楽しむ少女を見る。普通の少女だ。けれど、あの瞬間は、年齢の垣根すらも曖昧な、稚気と妖艶さを併せ持つ、〝女〟だった。

「まったく本当に――凛の見る目は、おそろしい」

『竜の墓』。この映画は、恐怖演出はあれど、リアルタイムで見せつけられた今のシーンよりも艶やかな映画かと言われると、いやぁ、そんなことはないいんじゃないかと思わせられる。

「ま、しょうがない。ご褒美だ」

ただ、まぁ、さすがに凛と美海ちゃんがかわいそうだから、一緒に見てあげようかな。そう、手に持つＤＶＤを見て――不意に、自分の手が震えていることに気がついた。

（は、はは。いや、まいったね、どうも）

ソファーに深く身を沈め、震える手をじっと見つめる。持ち上がる口角は畏れか、歓喜か。いずれにせよ、空恐ろしさに肩を並べるように、大きな期待と言う名の高揚が喉の奥からため息となってこぼれ落ちた。

Scene 4

夜旗(よるはた)家・リビング（昼）
凛(りん)・美海(みみ)と並んで映画『竜の墓』を視聴するつぐみ。
つぐみは当時を振り返りながら、
怯(おび)える小さな友人たちを見守る。

画面に表示される、『竜の墓』という血文字のテロップ。冒頭は墓の前でヤクザの辰(たつ)が刑務所から出所してきた兄貴分を、撃ち殺すシーンから始まる。悪霊によって操られて仲間を殺し、逃げる辰の後ろに、血でできた女の足跡が続く……という、番宣でこれだけ見たという人も多いシーンだ。

「え、あの、もうしんじゃった……」

呆然(ぼうぜん)と呟(つぶや)く凛ちゃんの声に、苦笑したくなる気持ちをぐっと抑える。まだ冒頭でこんな感じだと、これから先は厳しいような……うん、まぁ、これも勉強ということで。

で、このあとのシーンは回想だ。冒頭で死んだ兄貴分、蕪総三郎は愛人の美乃利とくっつくために、桐王鶫の演じる蕪の前妻、伊都子を殺しちゃうんだよね。だから、美乃利は毎晩伊都子に夢枕に立たれて衰弱して、美乃利の娘である瑠美子にも魔の手が及ぶ。というのも、瑠美子が学校でいじめているのが実は、伊都子の文通相手だった小学生、愛ちゃんだったんだよね。

そう、このイジメのシーンと後に伊都子に瑠美子が殺されるシーンこそが、瑠美子演じる笠羽サラが大きな評価を受けたシーンだ。

「あわわわ、あ、愛ちゃんがるみ子にあっちゃうよ、つぐみちゃん……」

画面では、階段の上で愛を問い詰める瑠美子が映し出されている。

『だれかと思えば、ゴミ子ちゃんじゃない』

『っ……わたし、そんな名前じゃない』

『口答え？ 偉くなったわねぇ』

瑠美子は愛を見下しながら、嘲笑とともに近づく。せいぜい高慢ちきな少女といったところだろう。だが、愛がおびえることなくにらみ返していると、瑠美子は、目に見えて態度を豹変させた。

『あんたなんかがどうして村岡君に近づいているのよもしかして自分が特別だとでもかん違いしたのかしら笑えるわねあんたなんか誰にも相手にされないゴミ箱女のくせにどうして調子に乗ってられるの泣け泣け泣け泣け泣け泣け泣け泣けッッ‼』

狂気。日常からにじみ出る悪意の顔。彼女の魅せた、強烈な演技。それに愛は怯え、すくみ、歪んだ笑みの瑠美子にそれを見られた。

『そうだ。あんたなんか、生まれてこなければよかったのよ』

『え?』

階段から宙を舞う愛。階段の下で、赤い水たまりを作る愛。それを見て瑠美子は指を差して笑うと、飽きたように踵を返して歩き去った。

「え? え? え? し、しんじゃったの?」

美海ちゃんは引きつった声でそう呟いていた。けれどここは、伊都子が愛に乗り移って助けるんだよね。悪霊が見せる優しさ、的な。賛否両論分かれるシーンだ。

「みみ、みみ、たすかったみたいだぞ」

「ほっ……よ、よかったぁ」

瑠美子が愛を殺しかけたことで、いよいよクライマックスパートだ。シーンは物語の冒頭で語った、弟分、辰率いる仲間たちによる蕪総三郎の放免祝い（出所祝い）に出かけるシーンだ。辰は兄貴分の出所を喜ぶように、親指でぐいっと目元を拭う。でも実は美乃利と浮気してるから、美乃利にだけわかるように秋波を飛ばすんだよね。

で、出かけた辰を見送る美乃利の背後に、血の足跡ができる訳だ。ここで視聴者にはわかる、けれども美乃利には気がつかれないように、伊都子がうめき声をあげる。


『■■■ウ■』

『■ア■ア■■』

『イ■ウウウ■』


かすれた声。ぎゃりぎゃり、ぐちゅぐちゅ、ごりごり。何かを挽きつぶして、こねくり回して、砕くような音。この音に、目に見えて、凛ちゃんと美海ちゃんの肩が跳ねた。えっと、なんかごめんね……？

で、ここから先が、演出家の先生と「あーでもない、こーでもない」と言い合いながらくみ上げたシーン。電球の明滅に合わせて消えたり現れたり、移動したり立ち位置を変えながら悪霊が美乃利に迫るのだ。

『■■■イ』
『い、伊都子？　な、なんで』
気がついた美乃利が怯えたように告げる。
――凛ちゃんと美海ちゃんが、音を鳴らして唾を呑んだ。

『纏、纏九⊂纏医◆』
『ひっ』

聞き取りにくい声。血の雨を降らす美乃利。涙目の凛ちゃんと美海ちゃん。
シーンは血の足跡を見せながら、部屋で膝を抱える瑠美子にカメラが切り替わる。瑠美子は愛が助かるところを見ていたんだよね。てっきり死んだと思ったのに、助かってしまうかもしれない。そう思うと、美乃利に叱られる。罪悪感よりも、叱られることへの忌避感が強い様子を見せるシーンだ。

『――』

木の扉が、軋む音を立てて開かれる。

『お母さん？　辰(たつ)？　お父さんが帰ってきたの？』

返事はない。

『お母さん？　なによ、返事くらいしてくれたっていいじゃない』

『――』

『お母さん？　もしかして、怒ってる？』

『――』

『もう！　だからなんなの――ヒッ』

改めて見ても、良い演技をするなぁ、サラちゃん。扉の先は一面の血の海で、サラちゃんは真に迫った錯乱を見せる。けっこうよくある手法なんだけれど、怯えながら周囲を見回して、視線を外した先に浮かぶ伊都子の悪霊と目が合うのだ。

白濁した目が画面いっぱいに映るシーン。私の隣で、凛ちゃんと美海ちゃんのか細い悲鳴が聞こえた。

『いやぁああああああああああぁぁぁぁあッッッッ——ぎッ!?』

カメラは、瑠美子の首から下へ移る。ゆっくりと持ち上げられていく瑠美子の体。くぐもった声。滝のような血が、足下から廊下へと流れていく。

『[redacted]イ、[redacted]ッ[redacted]ア』

音にならない声。

音声加工では引き出せない、人間の喉から出る不協和音。

やがて、もがいていた瑠美子の足は力なく垂れ下がり、時折、びくんと痙攣した。

暗転。

画面の前の凛ちゃんと美海ちゃんが真っ青になる中、場面は冒頭後の辰に戻される。ここで回想シーンが流れて、辰は実は伊都子と恋人だったのに、伊都子を捨てて美乃利に乗り換えたんだよね。でも、兄貴分と結婚した伊都子とも逢瀬を繰り返していたんだ。

伊都子の墓に縋り付いて許しを請うシーンは、中々に真に迫っているものの、凛ちゃんと美海ちゃんの目は冷たい。

『許してくれ、許してくれ、伊都子ぉ』

で、そんな辰の前に、伊都子が現れて、錯乱した辰が拳銃を撃つ。すると、美乃利であったり瑠美子であったり、伊都子が呪い殺した人間が辰に殺されたかのように横たわっている……という、辰に同情できる要素がなさ過ぎて、「怖いと言うよりすっきりした」と、ホラー女優としてはなんともいえない評価を受けたシーンだったり。いやぁ、懐かしい。

『なんで、なんで、なんでなんでなんでッ!!』

最後に伊都子が現れると、伊都子は自身の手で銃の形を作り口腔に咥え込む。すると、操られているのか、辰もまた、同じ仕草で銃を咥えた。

『うぅー、うーッ!!　ゆ、ゆる、ひ――ッ』

銃声。

伊都子(いつこ)の墓に降り注いだ血が、うぞうぞとうごめき、辰(たつ)の字に変わる。そして、伊都子の歪(ゆが)んだ笑い声が響き、暗転した。

「っ、っ、っ」

「あわ、あわわ、あわわわ、あわわわわ、あわわわわわ」

画面上では、後日の様子が語られている。愛(あい)がクラスメートの男子と、タイプライターで打った手紙を、いつもの文通相手に送るシーンだ。ポストに投函して、家に帰る。

明日からの日常をわずかな痛みを抱えて過ごす愛。そうして深夜、彼女の家のポストに、虚空から手紙の返事が投函されたところで、物語は幕を閉じた。

「どう?」

「ななな、なんでつぐみは、かおいろかわってないの????」

「むり……むり……」

私の右手をぎゅーっと摑(つか)んで離さない凛(りん)ちゃん。

私の左手にぎゅーっとしがみついて離れない美海(みみ)ちゃん。

うんうん、ホラー映画を見たらこうじゃないと。

「久々に見たけど、これが初めての悪霊役だとは思えないよねぇ、桐王鶫(きりおうつぐみ)」

「つ、つぐみ?　父よ、これにつぐみは出ていないぞ」

「ああ、違う違う。昔のホラー女優だよ。凛の年齢で見られる映画、なかったからね」

「?・?・」

そうなんだよね。十五禁指定とは盲点だった。それなら、知らないのは無理もない。ああ、でもあのシーンはもっと怖くできたな。今なら関節が死後硬直しているような動きだってできるのに。それから声だってもっとくぐもらせればよかった。映像加工したくないシーンでも臨場感が出せるのに。

サラちゃんだって、きっともっと、怖がってくれたことだろう——そう、瑠美子役の、笠羽サラちゃん。ああして、映像で見ればよくわかる。年をとって、お化粧で表情がわかりにくくなっていたけれど、あれは、確かにサラちゃんだ。朝代早月さんが、サラちゃんなんだ。

「うう、あ、あの声は、かこう?」

「ううん。ちがう——らしいよ」

「お、つぐみちゃん詳しいねぇ。なんでも、ただの発声技術らしいよ」

そうそう。一九八三年に電気屋さんのテレビで初めてボイスパーカッションを見たときは、これだ! って思ったのよ。演技の幅が広がる! って。だから大道芸人さんの口の動かし方とか見て、口腔かみ切ってリアル血反吐を拭いながら練習したんだよね。喉痛めなくてよかったよ。

そのおかげで、自然と発声技術に幅ができた。後の声の出し方は我ながらなかなか恐ろしく、私が生前最後に出演した映画、『心音』では結構な完成度に仕上がっていたと思う。

「さて。つぐみ、みみ」

「?」

「な、なに?」

「きょうは、とまって」

震える指。

滲んだ目元。

血の気の引いた、唇。

「えーと、りんちゃんのおとうさん」

「はは、ぼくは構わないよ」

スマートフォンを取り出して、顔認証でオープン。オープン、で、ええっと。

「つぐみ、ここをフリック」

ふりっくして、たっぷして、おお、出た。

「もしもし、マミィ?」

『あら、どうしたの? つぐみ』

「きょう、りんちゃんの家に、とまってもいい?」

『まぁ。ふふふ、ええ、いいわよ。夜旗さんに代わってくださる?』

「ありがとう、マミィ！　あの、ははが」

そう言って万真さんにスマートフォンを渡すと、万真さんは快く受け取ってくれた。腰に手を当てて軽快に会話をする万真さんは格好いい。というか、凛ちゃん含め、機械が扱える人って格好いい。

「ええ、はい。はは、大丈夫ですよ」

『――』

「はい。はい、もちろん」

『――』

「はい。では、明日の朝にご連絡いたします」

『――』

母と大人同士のやりとりをした万真さんが、スマートフォンを返してくれる。そのままじがみついたままの凛ちゃんと美海ちゃんに笑いかけると、二人は花が開くように笑ってくれた。

たまにはこういうのも、うん、新鮮でいいかもしれないなぁ。

どうしてサラちゃんが役者を嫌いになってしまったのか。

空白の二十年の間に、いったいなにが起こったのか。

疑問はつきないけれど、そう、今だけは。

「つぐみ、そこにいる？」

「あわわわ、あわわわわ」

この小さな友人たちのために、私の腕を貸しておこうかな。

Ending

夜旗家(よるはた)・寝室(夜)
深く眠る凛(りん)とつぐみを横目に、身体(からだ)を起こす美海(みみ)。

「といれ」

ぱちり、と目を開けた美海は、うめくようにそう呟(つぶや)いた。生理現象だから致し方がない。立ち上がらなければ大変なことになる。

「むぅ」

しかしながら、彼女の脳裏には未(いま)だ、悪霊につるし上げられた瑠美子(るみこ)の姿がへばりついている。もしも三人川の字になって眠るこの安寧の場から抜け出したら、たちまち青白い腕が伸びてきて、頭からぱくりと食いつかれてしまうのではないか。

恐ろしい想像は寒さという現実味を伴って背筋を駆け上がり、美海はぎゅっと体を抱きしめた。

「りんちゃん、りんちゃん」

美海は思わず、親友に声をかける。

「ふんぎゅむむ、わたしはそらのししゃ……」

だが親友は、おいそれと起きるタチではなかった。

「つぐみちゃん、つぐみちゃん」

美海は仕方なく、なにかとすごい新しい友達に声をかけた。

「はりうっど……はりうっど……」

しかし彼女は図太くも、にへにへと時折笑みを浮かべながら、ぐっすりと眠っていた。

「うぅ」

今、己は窮地に立たされている。恐怖をとるか、乙女をとるか。親友の家で三人まとめて巻き込んでしまえば、この八つ当たり気味な鬱憤も晴らせるのではないか。そう、脳裏を過る。

「こわくない、こわくない」

迷った時間は短かった。彼女は齢六歳といえど、乙女であるのだ。親友の家で、尊厳を穢すような選択肢をとることはできなかった。

もぞもぞと布団を抜け出して、あわあわと眼鏡をかけて、ぺたりぺたりと自分の足音に怯えて歩く。珠里阿がいれば。そんな言葉を胸中で反芻するのは、これで両手の指の数を超えた。

「こわくない、こわくない、こわくない？　こわくないような？　こわ、ううぅ」

見知った友の家だ。トイレの場所はわかる。床板が軋んだりもしない。音は少なく、恐怖も少ない。そう思い込んでトイレに入れば、白い明かりに安心する。

けれど、本当の恐怖はここからだ。トイレから出て電気を消せば、暗がりに慣れていた視界はリセットされる。真っ暗闇をこのまま帰るくらいなら、トイレで寝た方が良いのでは？　そう考えて、美海はすぐに振り払った。尊厳もそうだが、一人で眠れるはずがない。

「こわくない、とおもう。こわくない、かも。こわい、ことは、な――」


『――』


「――っっっ!?」

声。声だ。美海は声を耳にした。危なかった、と、美海の中で冷静な部分が告げる。もしもトイレに向かう途中で気がついていれば、乙女の尊厳は崩壊していたことだろう。

美海は安堵半分恨み半分で、声の方角に顔を向ける。リビングの方だろうか？　よく見れば、ドアの縁からほのかに光が漏れていた。

（おとなのひと？）

それが凛の両親の声であることに、美海は気がつく。こうなってくると、もう、漏れ出る声だけでも良いから頼りになる大人の声が聞きたかった。

美海はふらふらと、あるいはおどおどと廊下を歩き、雪原で暖をとる狐のように、扉にぴたりと張り付く。


『――る?』

『え――の?』

『――か!』

『ふ――て――わ』


やはり、その声は凛の両親のもので間違いなかった。なんの会話をしているのだろうか?

子供らしい好奇心は集中力を引き上げ、より鮮明に、会話を拾えるようになる。


『ほら、ここ。万真が頭を下げたとき』

『なるほどなぁ、ここで既にスイッチが入っているのか』

『これは子供の浮かべる笑顔ではないし、大人の計算にしては拙いわね』

『まさしく大人と子供の間、十五歳の少女を演じていたってわけか』

『で、五歳の子供にこんなえっちな役をやらせた大人のご感想は？』

『いや、なんで題材が〝十五歳の女の子〟から〝十五歳、禁断の恋〟になったかはさっぱりなんだってごめんなさい！』

『ぷっ……あははは、わかってるわよ。ふっ、くくくっ』

これが批評であることに、美海（みみ）はすぐに気がついた。あのとき、美海は凛（りん）と並んで固唾（かたず）を飲んで見守っていた。普段はかわいらしいつぐみが、大人のような雰囲気で万真（かずま）に迫り、美海のリクエストだった〝禁断の恋〟をやりきった。

美海は、そのときのつぐみの姿に対して、自問自答する。あんな風に自分も演じることができるのか？　という問いに、心は、跳ね返るような言葉を返す。

（できっこないよ、あんなの）

夕顔夏都（ゆうがおなつ）——美海の母親は昼メロドラマで活躍する女優だ。本人は「それしかできない」などとのほほんと笑っているが、はらはらする父と並んで見た母のドラマは、全部が全部、違う色っぽさを放つ母の姿だった。

自分もこんな風に演技がしたい。そう、美海は幼いながらに演技の勉強をして、発声や立ち振る舞いの難しさに泣きながら、努力を続けてきた少女だった。

『演技経験はないらしいよ』

『あら、そうなの?』

『ああ。あの子は間違いなく——天才だ』

　天才。その素質を持って生まれてくれれば、凡人の努力など指の一突きで崩してしまう。どうして、美海にはその才能がないのか。どうして、つぐみにはその才能があるのか。

　いいや、と、美海は首を振る。珠里阿(じゅりあ)もすごい演技ができる。近くにいればわかることだが、凛の才能もすごい。自分だけ、凡人なのだ。

(いいなぁ)

　その才能が美海にもあれば。

(いいなぁ)

　その力が、美海にもあれば。

(いいなぁ)

　その演技を、美海もやることができたのなら。

(いいなぁ)

　その幼い胸に宿る燻(くすぶ)りは、消えてなくなってくれたのだろうか。

　気がつけば、美海は三人で眠るベッドに戻っていた。眼鏡(めがね)を外して、至近距離で幸せそうに眠るつぐみを見る。見れば見るほどきれいな顔立ちで、試しに頬に触れてみれば、弾むほどに柔らかい。今は閉じられている瞳が、宝石のようにまばゆい青であることも、美海(みみ)は知っていた。

比べて、自分はどうだろう？　平凡な栗毛にどこにでもいるような鳶(とび)色の目。おまけにテレビっ子だった影響で目が良いとは言えず、やぼったい眼鏡(めがね)までかけている。

（いいなぁ）

生まれつき天才で。

勉強しなくても演技ができて。

妖精と見まごうほど美しい顔立ちで。

嫌な役も完璧にこなし、押しつけられても嫌と言わないほどに善良で。

（いいなぁ）

結局、十五歳の演技だって、美海は足を引っ張るばかりで何もできなかった。つぐみはあとから「気にしなくて良いよ」などとフォローをしてくれたが、それがかえって惨めだった。なんの役にも立たなかった自分を突きつけられているようで、辛くさえ思えた。

だから。

「**ずるい**」

こぼれた言葉は、突き刺すような痛みを伴う。

美海にはそれが〝なん〟であるか理解できず、恐怖から逃れるように、毛布を深くかぶった。

(なんだろう、これ。わからない、けど————くるしい)

ずきずき、ずきずきと。

痛みの芽が、心の中からにじみ出るように、黒い蔦(つた)を伸ばした——気がした。


——Let's Move on to the Next Theater——

あとがき

まず、この度は「ホラー女優が天才子役に転生しました」を手に取っていただきありがとうございました。

さて、あとがきというものを書かせていただくのは初めてで、どういった作法が正しいのか、善いのか悪いのか、いまいち理解に欠けています。ですが、せっかく手に取っていただき、本編には触れないであろうこの項を開いてくださった貴重な皆様のご期待に最大限お応えできますよう、本編の解説を含めながら「あのときあの人物がこうしていたら、どうなっていたのだろうか」といういわゆる「もしも」について触れていこうと思います。

この作品の冒頭は、ホラー女優である桐王鶫(きりおうつぐみ)が交通事故によって死亡し、銀髪妖精少女である空星(そらほし)つぐみとして蘇(よみがえ)るところから物語がスタートします。死亡してから目覚めるまでの期間は二十年。前世と今世の世界は地続きであり、当然、鶫が生きた時代に関わった人間も存命しています。では、「もしも」桐王鶫が交通事故で死亡しなければ、どうなっていたのでしょうか。

桐王鶫という人間は、作中、つぐみの一人称でも語られるように、演技に対して非常にストイックな役者です。演技の勉強には抜かりはなく、完成度を高めるためならなんでもやるし、それこそ汚れ役だって厭いません。なんてたって、『こんな面白い役、やらないなんてもったいない！』ですから。交通事故に遭った際、本来なら死亡してもおかしくないような事故で生き残った場合、鵺は肉体機能に麻痺を覚えるような後遺症が残ってしまいます。そうしますと思うように身体(からだ)が動かなくなった鵺は、芸能界を引退し、後進の育成に当たることを決意します。彼女は一般的にはいわゆる「悪霊の中の人」でしかなく、さほど知名度があるわけではありません。ですが実力は本物であり、視聴者よりも業界人への受けが良い人間でした。そのため、身体機能が麻痺したあとも、業界と繋(つな)がりのある人間から仕事が舞い込むこともあります。

　さて、本編では転落事故により前世の記憶が復活するつぐみも、この「もしも」の世界では、心に傷を負った病弱な少女でしかありません。そんな彼女の新しい家庭教師として抜擢されたのは、彼女に傷を負わせることは難しい、身体に麻痺の残る女性、鵺です。本来は邂逅するはずのない二人は、あの病院で出逢うことになるでしょう。あり得なかった「もしも」の風景。そのほんの僅(わず)かなシーンを、本を手に取っていただけた皆様に、少しだけお裾分けいたします。

「初めまして、お嬢様。私の名前は桐王鵺。あなたがつぐみちゃん？」

「……は、はい」

「早速だけど、あなたの家庭教師になる前に、一つ、私の秘密を教えてあげる」

「ひみ、つ、ですか」

「そう。実は私はね――元悪霊なの」

「あくりょう……おばけ……っえええええええええ!?」

to be continued？

AGAGAGAGAGAGAGAGA

ガガガ文庫8月刊

明日の世界で星は煌めく２

著／ツカサ

イラスト／むっしゅ
定価：本体 620 円＋税

屍人が溢れる終わった世界で、魔術により生き延びる少女・南戸由貴は、
再会できた唯一の友・榊帆乃夏の目的を叶えるため協力する。
手がかりを探す最中で見つけた不思議な扉。その先には新たな出会いが……。

GAGAGAGAGAGAGAGA

ガガガ文庫8月刊

育ちざかりの教え子がやけにエモい2

著／鈴木大輔（すずきだいすけ）

イラスト／ＤＳ（ディーエス）マイル

定価：本体600円＋税

椿屋ひなたが風邪を引いた。担任として、お隣さんとして、
彼女の看病はもはや義務のようなものなのだが。「ねえ、お兄……着替えさせて？」
“育ち盛りすぎる中学生”とおくるエモ×尊みラブコメ！

AGAGAGAGAGAGAGA

ガガガ文庫8月刊

明日の世界で星は煌めく2

著／ツカサ
イラスト／むっしゅ

屍人が溢れる終わった世界で、魔術により生き延びる少女・南戸由貴は、再会できた唯一の友・榊帆乃夏の目的を叶えるため協力する。手がかりを探す最中で見つけた不思議な扉。その先には新たな出会いが……。

ISBN978-4-09-451860-3（ガつ2-24）　定価:本体620円+税

クラスメイトが使い魔になりまして4

著／鶴城 東
イラスト／なたーしゃ

底辺生徒の俺には藤原千影という分不相応な使い魔がいた。同居中で喧嘩ばかり。で、ようやく恋人同士になったハズが、ふざけた「神様」に仲を引き裂かれた…。「相思相愛」険悪主従ラブコメがついに完結！

ISBN978-4-09-451861-0（ガか13-4）　定価:本体660円+税

育ちざかりの教え子がやけにエモい2

著／鈴木大輔
イラスト／DSマイル

椿屋ひなたが風邪を引いた。担任として、お隣さんとして、彼女の看病はもはや義務のようなものなのだが。「ねえ、お兄……着替えさせて?」“育ち盛りすぎる中学生”とおくるエモ×尊みラブコメ！

ISBN978-4-09-451862-7（ガす6-2）　定価:本体600円+税

ホラー女優が天才子役に転生しました ～今度こそハリウッドを目指します!～

著／鉄箱
イラスト／きのこ姫

貧乏育ちの苦労人ホラー女優（努力の甲斐あって演技力はピカイチ）が、自動車事故で即死。転生した先は銀髪ハーフの超美少女（5歳）で、ドのつくお金持ち令嬢!!　これは…今度こそ…ハリウッドを目指します！

ISBN978-4-09-451863-4（ガて4-1）　定価:本体620円+税

ガガガブックス

異世界に召喚されなかったから、現実世界にダンジョンを作ってやりたい放題2

著／日富美信吾
イラスト／ハル犬

ダンジョンを堪能し家族もできた田助はふと思い立つ。「魔法を使ってみたい！」さっそく使い方を教えて貰うため、緑髪の美少女奴隷を購入。そして駄女神シャルハラートが再び現れて!?　現代ダンジョンライフ第二弾

ISBN978-4-09-461142-7　定価:本体1,400円+税

GAGAGA

ガガガ文庫

ホラー女優が天才子役に転生しました
～今度こそハリウッドを目指します！～

鉄箱

発行　2020年8月25日　初版第1刷発行

発行人　立川義剛

編集人　星野博規

編集　湯浅生史

発行所　株式会社小学館
〒101-8001 東京都千代田区一ツ橋2-3-1
[編集]03-3230-9343　[販売]03-5281-3556

カバー印刷　株式会社美松堂

印刷・製本　図書印刷株式会社

Printed in Japan　ISBN978-4-09-451863-4

第15回小学館ライトノベル大賞
応募要項!!!!!!!!!!!!!!!!!!!!!!!!!!!

ゲスト審査員はカルロ・ゼン先生!!!

大賞：200万円＆デビュー確約
ガガガ賞：100万円＆デビュー確約
優秀賞：50万円＆デビュー確約
審査員特別賞：50万円＆デビュー確約

第一次審査通過者全員に、評価シート＆寸評をお送りします

内容 ビジュアルが付くことを意識した、エンターテインメント小説であること。ファンタジー、ミステリー、恋愛、ＳＦなどジャンルは不問。商業的に未発表作品であること。
(同人誌や営利目的でない個人のWEB上での作品掲載は可。その場合は同人誌名またはサイト名を明記のこと)

選考 ガガガ文庫編集部＋ゲスト審査員 カルロ・ゼン

資格 プロ・アマ・年齢不問

原稿枚数 ワープロ原稿の規定書式【1枚に42字×34行、縦書きで印刷のこと】で、70～150枚。
※手書き原稿での応募は不可。

応募方法 次の3点を番号順に重ね合わせ、右上をクリップ等(※紐は不可)で綴じて送ってください。
① 作品タイトル、原稿枚数、郵便番号、住所、氏名(本名、ペンネーム使用の場合はペンネームも併記)、年齢、略歴、電話番号の順に明記した紙
② 800字以内であらすじ
③ 応募作品(必ずページ順に番号をふること)

応募先 〒101-8001 東京都千代田区一ツ橋 2-3-1
小学館　第四コミック局　ライトノベル大賞係

Webでの応募 GAGAGA WIREの小学館ライトノベル大賞ページから専用の作品投稿フォームにアクセス、必要情報を入力の上、ご応募ください。
※データ形式は、テキスト(txt)、ワード(doc、docx)のみとなります。
※Webと郵送で同一作品の応募はしないようにしてください。
※同一回の応募において、改稿版を含め同じ作品は一度しか投稿できません。よく推敲の上、アップロードください。

締め切り 2020年9月末日(当日消印有効)
※Web投稿は日付変更までにアップロード完了。

発表 2021年3月刊『ガ報』、及びガガガ文庫公式WEBサイトGAGAGAWIREにて

注意 ○応募作品は返却致しません。○選考に関するお問い合わせには応じられません。○二重投稿作品はいっさい受け付けません。○受賞作品の出版権及び映像化、コミック化、ゲーム化などの二次使用権はすべて小学館に帰属します。別途、規定の印税をお支払いいたします。○応募された方の個人情報は、本大賞以外の目的に利用することはありません。○事故防止の観点から、追跡サービス等が可能な配送方法を利用されることをおすすめします。○作品を複数応募する場合は、一作品ごとに別々の封筒に入れてご応募ください。